U0882330

文心

夏丏尊 叶圣陶 ● 著

天津出版传媒集团
天津人民出版社

果麦文化 出品

出版说明

本书是夏丏尊与叶圣陶合著的一部语文教育经典著作，书稿以中学生的具体学习生活为背景，构建了三十二个故事，把语文阅读及写作知识融入这些故事中。每个故事的安排都巧妙地围绕一个知识点展开，将抽象的语文知识和主人公遇到的具体事情融合在一起，使读者在不知不觉中领悟消化生涩的语文知识。

本书以 1941 年开明书店版本作为底本，除异体字按通行用法进行了修改外，其他通假字、首选字、标点符号及作者习惯用法等，皆依从底本，以帮助读者理解版本特点。部分难以理解的字词、与现代用法不一样处，皆进行了注释说明。一些符号缺漏、有误处，此次出版依据文义进行了增添、修改。

目录

序一

这部《文心》是用故事的体裁来写关于国文的全体知识。每种知识大约占了一个题目。每个题目都找出一个最便于衬托的场面来，将个人和社会的大小时事穿插进去，关联地写出来。通体都把关于国文的抽象的知识和青年日常可以遇到的具体的事情熔成了一片。写得又生动，又周到，又都深入浅出。的确是一部好书。

这部好书是丏尊和圣陶两位先生特为中学生诸君运用他们多年教导中学国文的经验写成的。什么事应该说以及怎样说才好懂，都很细心地注意到，很合中学生诸君的脾胃。我想中学生得到此书，一定好像逢着什么佳节得到亲眷特为自己备办的难得的盛馔。

这里罗列的都是极新鲜的极卫生的吃食。青年诸君可以放心享用，不至于会发生食古不化等病痛。假使有一向胃口不好的也可借此开胃。

以前也曾有过用“文心”这两个字做书名的书，叫作《文心雕龙》，那是千把年前的刘勰做的，也是一部讲全体国文知识的书，也许在子渊的旧书箱里还可以找得着，但是你们如果找来放在自己的书架上，枚叔看见，一定又要来一句“了不得”。我家里也藏着版子不同的好几部，从未拿给还在中学读书的两个女儿看。

世界总是一天一天地进步起来，好像你们总是一天一天地大起来进步起来一样。即就国文的知识来说，我们做中学生的时候所受的，不是一些繁繁碎碎，像从字纸簏里倒出来的知识，就是整部的《诗经》《书经》《易经》《礼记》，从陈年老书箱里搬出来，叫我们读了做圣贤的。那里有这样平易近人而又极有系统的书？即使找出几本古人写的，例如《文心雕龙》吧，也是古人说古文的。有些我们急于要晓得的，他们都还不曾想到。就像这部《文心》里面说的文法之类，那位做《文心雕龙》的刘勰就连梦里也还未曾梦见呢。

我们应谢谢丏尊、圣陶两位先生，替青年们打算，把现在最进步的知识都苦心孤诣地收集了起来，又平易地写出来，使我们青年也有机会接近它。

一九三四年五月四日，陈望道。

序二

记得在中学校的时候，偶然买到一部《姜园课蒙草》，一部彪蒙书室的《论说入门》，非常高兴。因为这两部书都指示写作的方法。那时的国文教师对我们帮助很少，大家只茫然地读，茫然地写；有了指点方法的书，仿佛夜行有了电棒。后来才知道那两部书并不怎样高明，可是当时确得了些好处。——论读法的著作却不曾见，便吃亏不少。按照老看法，这类书至多只能指示童蒙，不登大雅。所以真配写的人都不肯写；流行的很少像样的，童蒙也就难得到实惠。

新文学运动以来，这一关总算打破了。作法读法的书多起来了；大家也看重起来了。自然真好的还是少，因为这些新书——尤其是论作法的——往往泛而不切；假如那些旧的是饾饤琐屑，束缚性灵，这些新的又未免太无边际，大而化之了——这当然也难收实效的。再说论到读法的也太少；作法的偏畸的发展，容易使年轻人误解，以为只要晓得些作法就成，用不着多读别的书。这实在不是正路。

丏尊、圣陶写下《文心》这本“读写的故事”，确是一件功德。书中将读法与作法打成一片，而又能就近取譬，切实易行。不但指点方法，并且着重训练；徒法不能自行，没有训练，怎么好的方法也是白说。书中将教学也打成一片，师生亲切的合作才可达到教学的目的。这些年颇出了些中学教学法的书，有一两本确是积多年的经验与思考而成。但往往失之琐碎，又侧重督责一面，与本书不同。本书里的国文教师王先生不但认真，而且亲切。他那慈祥和蔼的态度，教学生不由得勤奋起来，彼此亲亲热热地讨论着，没有一些浮嚣之气。这也许稍稍理想化一点，但并非不可能的。所以这本书不独是中学生的书，也是中学教师的书。再则本书是一篇故事，故事的穿插，一些不缺少；自然比那些论文式纲举目张的著作容易叫人记住——换句话说，收效自然大些。至少在这一件上，这是一部空前的书。丏尊、圣陶都做过多少年的教师，他们都是能感化学生的教师，所以才写得出这样的书。丏尊与刘薰宇先生合写过《文章作法》，圣陶写过《作文论》。这两种在同类的著作里是出色的，但现在这一种却是它们的新发展。

自己也在中学里教过五年国文，觉得有三种大困难。第一，无论是读是作，学生不容易感到实际的需要。第二，读的方面，往往只注重思想的获得而忽略语汇的扩展，字句的修饰，篇章的组织，声调的变化等。第三，作的方面，总想创作，又急于发表。不感到实际的需要，读和作都只是为人，都只是奉行功令；自然免不了敷衍，游戏。只注重思想而忽略训练，所获得的思想必是浮光掠影。因为思想也就存在语汇，字句，篇章，声调里；中学生读书而只取其思想，那便是将书里的话用他们自己原有的语汇等重记下来，一定是相去很远的变形。这种变形必失去原来思想的精彩而只存其轮廓，没有什么用处。总想创作，最容易浮夸，失望；没有忍耐而求近功，实在是苟且的心理。本书对于这三件都已见到；除读的一面引起学生实际的需要，还是暂无办法外（第一章，周枚叔论编中学国文教本之不易），其余都结实地分析，讨论，有了补救的路子（如第三章论作文"是生活中间的一个项目"，第九章朱志青论文病，第十四章王先生论读文声调，第十七章论"语汇与语感"，第二十九章论"习作创作与应用"）。此外，本书中的议论也大都正而不奇，平而不倚，无畸新畸旧之嫌，最宜于年轻人。譬如第十四章论读文声调，第十六章论"现代的习字"，乍看仿佛复古，细想便知这两件事实在是基本的训练，不当废而不讲。又如第十五章论无别择地迷恋古书之非，也是应有之论，以免学生钻入牛角尖里去。

最后想说说关于本书的故事。本书写了三分之二的时候，丏尊、圣陶做了儿女亲家。他们俩决定将本书送给孩子们做礼物。丏尊的令嫒满姑娘，圣陶的令郎小墨君，都和我相识；满更是我亲眼看见长大的。孩子都是好孩子，这才配得上这件好礼物。我这篇序也就算两个小朋友的订婚纪念吧。

朱自清

二十三年[1]五月十七日，北平清华园。

1　二十三年：指民国二十三年，即 1934 年。

一 “忽然做了大人与古人了”

正午十二时的下课钟才打过，H 市第一中学校门口蜂也似的涌出许多回家吃午饭去的通学生[1]。女生的华丽的纸伞，男生的雪白的制服，使初秋正午的阳光闪耀得愈见明亮。本来行人不多的街道，突然就热闹起来。

“从今日起，我们是初中一年生了。上午三班功课[2]，英文仍是从头学起，算学还是加减乘除四则，都没有什么。只有国文和我们在高小时大不同了，你觉得怎样?”周乐华由大街转入小巷，对同走的张大文说。

“我也觉得国文有些繁难。这恐怕不但我们如此，方才王先生发文选时，全级的人看了似乎都皱着眉头呢。”

“这难怪他们。我和你在高小时对于国文一科总算是用功的，先生称赞我们俩在全级中理解力最好，尚且觉得够不

1　通学生：走读生。

2　三班功课：三堂功课。

上程度。”

“今天发出来的两篇文选，说叫我们预先自习。我方才约略看了几处，不懂的地方正多哩。你或者比我能多懂些罢。”

“那里那里。反正今天是星期一，王先生方才叫我们在星期三以前把那篇白话体的《秋夜》先预备好，还有一天半工夫[1]呢。我回去慢慢地预备，真有不懂的地方，只好去问父亲了。”

“你有父亲可问，真是幸福。我……”失了父亲的大文不禁把话咽住了。

“我的父亲与你的父亲有什么两样？你不是可以常到我家里去，请我父亲指导的吗？今晚就去吧，我们一同把第一篇先来预备，好不好？——呀，已到了你家门口了。我吃了饭就来找你一同上课去。下午第一班是图画吗？”乐华安慰了大文，急步走向自己家里去。

周乐华与张大文是姨表兄弟，两人都是十四岁。周乐华家居离 H 市五十里的 S 镇，父亲周枚叔是个中学教师，曾在好几个中学校里担任过国文功课。新近因为厌弃教师生涯，就在 H 市某银行里担任文牍的职务。

暑假时乐华在 S 镇高小毕业了，枚叔因为乡间没有中学，自己又在银行里服务，不能兼顾 S 镇的家，就将全家移居 H

1 工夫：本书工夫、功夫时有混用，依据原书，不做更改。

市，令乐华投考第一中学初中部。张大文原是H市人，自幼丧父，他的母亲因大文身体瘦弱，初小毕业后，即依从医生的劝告和亲戚间的商议，令他转入乡间的S镇小学校去住读，只在年假暑假回到H市来。乡居两年，大文在高小毕业了，身体也大好了，便留在H市与乐华同入第一中学。两人既是亲戚，两年以来又是同级同学，情谊真同兄弟一样。

下午课毕后，乐华与大文去做课外运动。阔大的运动场，各种各样的运动器具，比较乡间高小的几乎有天渊之差。两人汗淋淋地携了书包走出校门，已是将晚的时候了。

乐华走到家里，见父亲早已从银行里回来了。檐下摆好了吃饭桌凳。母亲正在厨下[1]，将要搬出碗盏来。

“今天上了几班课？程度够得上吗？好好地用功啊！”吃饭时枚叔很关心地问乐华。

“别的还好，只是国文有些难。”

“大概是文言文罢，你们在小学里是只读白话文的。”

“不但文言文难懂，白话文也和从前的样子不同。今天先生发了两篇文选，一篇白话的，一篇文言的。白话的一篇是鲁迅的《秋夜》，文言的那篇叫作《登泰山记》，是姚……作的。”

“姚鼐的吧。这个‘鼐’字你不认识吧？姚鼐，安徽人，

1　厨下：厨房。

是前清有名的文章家。”

“先生交代在星期三以前要把这两篇文章预备好呢。”

“吃了饭好好去预备吧。不懂的地方可问爸爸，现在不比从前了。从前爸爸不和你在一起，自修时没有人可问。”乐华的母亲从旁加进来说。

“我也许无法指导呢，”枚叔苦笑。

“为什么？你不是做过多年的国文教师的吗？”乐华的母亲这样问。乐华也张大了眼睛惊讶地对着父亲。

“唯其做过多年的国文教师，所以这样说。一个孩子从小学升入中学，课程中最成问题的是国文。这理由说来很长，且待有机会时再说吧。”枚叔一壁[1]说，一壁用牙签剔牙。

乐华愈加疑惑。恰好大文如约来了。天色已昏暗，乐华在自己的小书房里捻亮了电灯，叫大文进去一同预习。枚叔独自在庭间闲步，若有所想。

两人先取出《秋夜》来看，一行一行地默读下去，遇到不曾见过的字，用铅笔记出，就《学生字典》逐一查检，生字查明了，再全体通读，仍有许多莫名其妙的地方。

“‘墙外有两株树，一株是枣树，还有一株也是枣树’，你懂得吗？为什么要这样说？”大文问乐华说。

1　一壁：也作“一壁厢”，一面，一边，表示一个动作与另一个动作同时进行。

“不懂，不懂。下面还有呢，‘这上面的夜的天空，奇怪而高’，天空有什么可奇怪的呢？不懂，不懂。字是个个认识的，连结起来竟会看不明白，怎样好啊！”乐华皱起眉头，埋头再细细默读。

这当儿枚叔踱进小书房来。

“你们看不懂《秋夜》吧？”

“难懂，简直不懂。”乐华和大文差不多齐声说，同时现出请求讲解的眼色。

“不懂是应该的。”枚叔笑着说。

“为什么学校要叫我们读不懂的文章呢？我们在高小读的国语课本，都是能懂的。”大文说。

“让我来告诉你们，”枚叔坐下在椅子上说。“你们在小学里所读的国语课本，是按照了你们的程度，专为你们编的。现在中学里，先生所教的是选文，所选的是世间比较有名的文章。或是现在的人作的，如鲁迅的《秋夜》，或是古时的人作的，如姚鼐的《登泰山记》。这些文章本来不为你们写作的，是他们写述自己的经验的东西。你们年纪这样小，经验又少，当然看了难懂了。”

“那末为什么没有人替我们中学生编国文课本呢？”乐华不平地说。

“照理原应该有人来按了年龄程度替你们特地编的，可是这事情并不容易。我从前在中学校教国文时，也曾想约了朋友另编一部中学国文教本。后来终于因为生活不安定，没有成功。你们也许不知道，现在中学以上的教师，位置是很不安定的，这学期这里，下学期那里，要想在一处安心教书，颇不容易。你们的国文教师是王仰之先生吧。他是我的老朋友，是一位很好的教师。他这学期教你们，也许下学期就不教你们了。中学校国文科至今还没有适当的课本，教师生活的不安定也是一个大原因。”枚叔说到这里，似乎感慨无限，聪明的乐华和大文从枚叔的言语中就窥见了他所以抛弃教师生活的原因。

“你们在中学里就学，全要靠自己用功的了。因为教师流转不定，无论那一科，教师都是不能负责到底的。”枚叔继续说。

“叫我们对于国文科怎样用功啊！既难懂，又没趣味。”大文说。

“慢慢地来。你们是小孩，是现代人，所读的却是写记着大人或古人的经验的文章。照理，大人的经验要大人才会真切地理解，古人的经验要古人才会真切地明白。你们非从文章中收得经验，学到大人或古人的经验程度不可。”

“叫我们忽然变成大人变成古人吗？哈哈！”乐华和大文不觉笑起来了。

“现在的情形，老实说是这样。你们还算好呢，从前的人像你们的年龄，还在私塾里一味读‘四书五经’，不但硬要他们做大人古人，还要强迫他们做圣人贤人呢，哈哈！”

“哈哈！”乐华和大文跟着又笑了。

“你们笑什么？”乐华的母亲听见笑声，到房门口来窥看。“外面很凉呢，大家快到外面来，不要挤在一间小房间里。”

于是大家出去，一齐坐在庭心里。这时月亮尚未出来，星儿在空中闪烁着。枚叔仰视天空，对乐华、大文说：

“你们不是正在读鲁迅的《秋夜》吗？现在正是秋夜呢。你看，星儿不是在映[1]眼吗？天不是很蓝吗？现在尚是初秋，一到晚秋，天气愈清，天空看去还要高，有时竟会高得奇怪，还要蓝，有时真是非常之蓝。”

乐华、大文点头，如有所悟。

“鲁迅所写的是晚秋的夜，所以文中表现出萧瑟的寒意，凋落的枣树，枯萎了的花草，避冷就火的小虫，都是那时候实在的景物，他对着这些景物，把自己的感想织进去，就成了那篇文章。景物是外面的经验，对于景物的感想是内部的经验。晚秋夜间的经验，你们是有了的，可是因为平常不大留意，在心里印得不深。至于对于景物的感想，那是各人各异的，小孩子所感到的当然不及大人的复杂，即同是大人，普通人所感到的当然不及诗人文人的深刻。你们方才说看不懂鲁迅的《秋夜》，就是经验未到鲁迅的程度的

1　映：作者所引鲁迅原文即用此字，意同“眨”。

缘故。”

“爸爸，好像比刚才懂了许多了呢。——大文，我们再去预习吧，看还有什么地方不懂的。”乐华拉了大文，再到小书房里去。

两人热心地再看《秋夜》，一节一节地读去，觉得比先前已懂得不少，从前经历过的晚秋夜间的景物也一一浮现在眼前，文中有许多话，差不多就是自己所想说而说不出的。两人都暗暗地感到一种愉快。

“已经看懂了没有？”枚叔又踱进书房来。

“大概懂得了。——嗄？大文。”乐华一壁回答，一壁征求大文的同意。

“这一节恐怕你们还未必懂吧。”枚叔指着《秋夜》中的一节读道：“‘我忽而听到夜半的笑声，吃吃地，似乎不愿意惊动睡着的人。然而四围的空气都应和着笑。夜半，没有别的人，我即刻听出这声音就在我嘴里，我也即刻被这笑声所驱逐，回进自己的房。灯火的带子也即刻被我旋高了。’这一节恐怕懂不来吧。”

“真的，不懂得。为什么要笑？为什么自己笑了会自己不知道？为什么四周的空气也会应和着笑？”乐华问。大文也抬起头来注视枚叔。

“我方才曾把经验分为两种，一种是外面的经验，一种是内部的经验。外面的经验是景物的状况，内部的经验是作文说话的人对于景物的感想。譬如说天上的星在闪烁，这是景物，是外面的经验。说星在睐冷眼，这是作文说话的人对于星的感想，是内部的经验。外面的经验是差不多人人共同的，最容易明白。内部的经验却各人不同。如果和外面的经验合在一处的时候，还比较容易懂得。像这节，全然是写作者那时个人的心境的，却是纯粹的内部的经验。我们除了说作者自己觉得如此以外，别无什么可解释的了。"

"那末，爸爸也不懂？"乐华惊问。

"也许比你们多懂得一些。真能够懂的怕只有作者鲁迅自己了。但是鲁迅虽能真懂，却也无法解释给你们听哩！"

才在预习中感到兴趣的乐华与大文，听了枚叔的这番话，好像头上浇了冷水，都现出没趣味的神情。

"这是无可如何[1]的事。诗词之中，这种情形更多，你们将来读诗词会时时碰到这种境界的。你们尚是孩子，今后所读的文字却都是现成的东西，不是现代的大人做的，就是古代的大人做的。他们不但是大人而且都是文人，他们只写自己的内外经验，并不预计给你们读的。你们能懂得多少，就懂多少，从文字里去收得经验，学习经验的方法。你们不久就要成大人了，趁早把思考力想像力练习到水平线的程度，将来才不至于落伍。"枚叔说了就拔步走出。

1　无可如何：没有什么办法，无可奈何。

大文在乐华的小书房中又坐了一会才回去。乐华送他出门时，笑着说：

“我们忽然做了大人与古人了！”

二　方块字

星期三下午接连是两班国文课。王先生讲解选文，采取学生自动的方式，自己只处于指导的地位。先叫一个学生朗读一节，再令别一个学生解释。一节一节地读去讲去，遇有可以发挥的地方，他随时提出问题，叫学生们自由回答，或指名叫某一个学生回答，最后又自己加以补充。全课堂的空气非常活泼紧张。

乐华与大文坐在最后的一排。他们已把《秋夜》与《登泰山记》好好地预习过了，什么都回答得出。因为怕过于在人前夸耀自己，只是默默地坐在那里静听同学们的讲读和先生的补充。遇到全课堂无人能回答时，才起来说话。在这两班功课中，乐华与大文各得到两三次开口的机会，王先生都赞许说，“讲得不错”。全堂的同学时时把眼光注射到他们身上。

在乐华与大文看来，同学们的讲解有的似是而非，有的简直错误得可笑。最可注意的是王先生的补充了。乐华把王先生所补充的话择要记录在笔记册上，给大文看。他所记的如下：

重复法

——一株是枣树，还有一株也是枣树。

——我即刻听出这声音就在我嘴里，我也即刻被这笑声所驱逐，回进自己的房。灯火的带子也即刻被我旋高了。

拟人法

——她在冷的夜气中，瑟缩地做梦……

——鬼䁖眼的天空越加非常之蓝，不安了，仿佛想离去人间，避开枣树，只将月亮剩下。

——苍山负雪。半山居雾若带然。

《秋夜》

——写景。状物。想像分子多。文字奇崛。

《登泰山记》

——写景。纪行。朴实的记载。文字简洁。

大文自己也有所记，两人彼此交换了看，把重要的互相补充，彼此所记的条数愈多了。

王先生教授时，很注意文言与白话的比较，他说：

“诸君第一次读文言文，一定会感到许多困难。但是不要怕，普通的文言文并不难。文言和白话的区别只有两点，一是用字的多少，一是关系词的不同。例如，《登泰山记》是文言，开端的'泰山之阳汶水西流'如果用白话来说，就是'泰山的南面，汶水向西流着'，白话的字数比文言多了几个。在文言中，一个'阳'字可作'南面'解，'西流'二字可作'向西流着'解，在白话文中却不行。又如'之'字，在白话文用'的'，这是关系词的不同。诸君初学文言，须就这两点上好好注意。"

随后王先生就从《登泰山记》中摘出句子来，自己用白话翻译几句给学生听，再一一叫学生翻译。在这时，乐华知道了许多文言白话用字上的区别。知道"者"就是"的"，"皆"就是"都"，"其"就是"他的"，"也"就是"是"，"若"就是"像"，等等。

一篇《登泰山记》由全体学生用白话一句句翻译过以后，王先生又突然提出一个问题来，说："《登泰山记》中说，'苍山负雪，明烛天南'。这'烛'字是什么意思？"

"这是蜡烛的'烛'，"一个学生起来说。

"蜡烛？"王先生摇着头。"谁能改用别的话来解释？"

"方才听先生讲过，'烛'是照的意义，"另一个说。

"是的，我曾这样说，'烛'字作照的意义解。但为什么做这样解释呢？有人能说吗？"

全课堂的眼光都集注于乐华、大文两人。大文用臂弯推动乐华，意思是叫他回答。

"因为烛会发光，所以可作照字解。——这是爸爸教我的。"同学们太注意乐华了，使他很不好意思，他便把责任推到自己的父亲身上去。

"对了，烛字本来是名词，在这里用作动词了。诸君在高小里，当已知道词的分类，你们入学试验的时候，我曾出过关于文法的题目，大家都还答得不错，词的种类和性质，想来大家已明白了。谁来说一遍看！"

"名词，代名词，动词——动词之中有自动与他动二种——形容词，副词，接续词，介词，助词，还有感叹词。"一个学生很熟地背出文法上品词[1]的名称来。

"不错，有这许多词。"王先生随在黑板上写一个"梦"字，问道，"'梦'字是什么词？"

"是名词，"一个学生回答。

王先生又把《秋夜》里的"她在冷的夜气中，瑟缩地做梦，梦见春的到来，梦见秋的到来，梦见瘦的诗人将眼泪擦在她最末的花瓣上"几句话写在黑板上，问道：

"不错，'做梦'的'梦'字是名词。下面'梦见'的'梦'字是不是名词呢？"

"不是，不是，"许多学生回答。可是没有人能说出那些"梦"字的性质来。

1　品词："词类"的旧称，词的类别。

“那些‘梦’字和‘见’字联结，成为动词了，”王先生说，“还有我们称一个人睡着了说话叫‘说梦话’，这‘说梦话’的‘梦’是什么词呢？”

“是形容词。”大文回答。

先生又在黑板的另一角上写了一个“居”字，问：“这是什么词？”

“普通属动词，”一个学生回答。

“那么《登泰山记》中‘半山居雾若带然’的‘居’字呢？是不是动词？”先生问。

“刚才先生说，‘居雾’是‘停着的雾’的意思，那末这‘居’字对于‘雾’字是形容词了。”坐在大文前面的一个学生回答。那个学生名叫朱志青，是和乐华、大文同一自修室的，乐华、大文在同级中最先认识的就是他。

“不错，是形容词。”王先生说到这里，下课钟响了，杂乱的脚步声从左右课堂里发出，先生用手示意，一壁说道：“且慢走，还有几句很要紧的话。——我国文字是方方的一个个的，你们从前幼时，不是认过方块字吗？我国文字没有语尾的变化，真是方块字。什么字什么性质，没有一定，因所处的地位而不同。像方才所举的几个字，都是因了地位而性质变易的。这情形在读文字的时候，要随时留意，尤其是文言文。因为文言文用字比白话文简单，一个字弄不明白，解释上就会发生错误的。”

运动场上虽已到处是快活的人声，王先生的课堂里却还没有鞋子在地板上拖动的声音，直到王先生向学生点头下讲台为止。

乐华对于王先生所说的“方块字”三个字，很感到趣味，他不但记起了幼时母亲写给他的红色的小纸片，还得到种种文字上的丰富的暗示。与大文回去的时候，走过一家茶店门口，见招牌上写着“天乐居”三个大字，署名的地方是“知足居士书”，又见茶店间壁[1]的一分人家的墙门头顶有“居之安”三个字凿在砖上。就指向大文道：

“方才王先生说过‘居’字，恰好这里就有三个‘居’字呢。让我们来辨别辨别看。”

“天乐居的‘居’是名词，居士的‘居’是形容词，居之安的‘居’是动词啰。”大文说得毫无错误。

“想不到一个字有这许多的变化。我们在高小时只知道名词动词等的名目，现在又进了一步了。”

两人一壁走，一壁注意路上所见到的字，不论招牌，里巷名称，以及广告，标语，无一不留心到。你问我答，直到中途分别才止。

1　间（jiàn）壁：隔壁。

三 题目与内容

星期六的第一班是国文课的作文。许多同学来到这学校里，这还是第一次作文；大家怀着“试一试”的好奇心，预备着纸笔，等候王仰之先生出题目。

天气非常好。阳光从窗外的柳条间射进来，在沿窗的桌子上、地板上、同学的肩背上印着繁碎的光影。王先生新修面颊，穿着一件洗濯得很干净的旧绸长衫，斜受着外光站在讲台上；谁望着他就更亲切地感到新秋的爽气。

“诸君且放下手里的笔，”王先生开头说。“这是第一次作文。关于作文，我要和你们谈几句话。现在我问：在怎样的情形之下，我们才提起笔来作文呢？”

“要和别地的亲友通消息，我们就写信，写信便是作文，”一个学生回答。

“有一种意见，要让大众知晓，我们就把它写成文字；这比一个一个去告诉他们便当得多。”

“经历了一件事情，看到了一些东西，要把它记录起来，我们就动手作文。”

“有时我们心里欢喜，有时我们心里愁苦，就想提起笔来写几句；写了之后，欢喜好像更欢喜了，愁苦却似乎减淡了。有一回，我看见亲手种的蔷薇开了花，高兴得很，就写一篇《新开的蔷薇》；再到院子里去看花，觉得格外有味。又有一回，我的姊姊害了病，看她翻来覆去不舒服，我很难过，就写一篇《姊姊病了》；写完之后，心里仿佛觉得松爽了一点。”

王先生望着最后说话的一个学生的脸，眼角里露出欣慰的光，他点头说：“你们说的都不错。在这些情形之下，我们就得提起笔来作文。这样看来，作文是无所谓的玩意儿吗？”

“不是，”全级学生差不多齐声回答。

“是无中生有的文字把戏吗？”

“也不是。”

“那么是什么？”王先生把声音提高一点，眼光摄住每一个学生的注意力。

“是生活中间的一个项目，”朱志青的口齿很清朗，引得许多同学都对他看。

王先生恐怕有一些学生不很明白朱志青的话，给它解释道：“他说作文同吃饭、说话、做工一样，是生活中间缺少不来的事情。生活中间包含许多项目，作文也是一个。”

乐华等王先生说罢，就吐露他的留住在唇边的答语道：“作文是应付实际需要的一件事情，犹如读书学算一样。”

王先生满意地说："志青和乐华都认识得很确当。诸君作文，须永远记着他们的话。作文是生活，而不是生活的点缀。"停顿了一会儿，王先生继续说，"那末，在并没有实际需要的时候，教大家提起笔来作文，像今天这样，课程表上规定着作文，不是很不自然的可笑事情吗？"

"这就叫作练习呀，"大文用提醒的声口说。

"不错。要叫诸君练习，只好规定一个日期，按期作文。这是不得已的办法。并不是作文这件事情必须出于被动，而且必须在规定的日期干的。到某一个时期，诸君的习惯已经养成，大家把作文这件事情混和入自己的生活里头，有实际需要的时候能够自由应付：这个不得已的办法就达到了它的目标了。"

王先生说到这里，回转身去，拿起粉笔来在黑板上写字。许多学生以为这是出题目了，都耸起身子来看。不料他只写了"内容"两个子[1]，便把粉笔放下，又对大家谈话了。

"我们把所要写的东西叫作'内容'，把标举全篇的名称叫作'题目'。依自然的顺序，一定先有内容，后有题目。例如，看见了新开的蔷薇，心里有好多欢喜的情意要写出来，才想起《新开的蔷薇》这个题目；看见了姊姊害病，心里有好多愁苦要想发泄，才想起《姊姊病了》这个题目。但是，在

1　两个子：应为"两个字"。

练习作文的当儿，却先有题目。诸君看到了题目，然后去搜集内容。这岂非又是颠倒的事情吗？”

全堂学生都不响，只从似乎微微点头的状态中，表示出“不错，的确是颠倒的事情”的回答。

“颠倒诚然颠倒，”王先生接下去说，“只要练习的人能够明白，也就没害处。练习的人应该知道作文不是遇见了题目，随便花言巧语写几句，就算对付过去了的事情。更应该知道在实际应用上，一篇文字的题目往往是完篇之后才取定的；题目的大部分的作用在便于称说，并没什么了不起的关系。这些见解很关重要。懂得这些，作文才是生活中间的一个项目；不懂得这些，作文终于是玩意儿，文字把戏罢了。从前有人闲得没事做，取一个题目叫作《太阳晒屁股赋》……”

全堂学生笑起来了。

王先生带着笑继续说：“他居然七搭八缠地写成了一篇，摇头摆脑念起来，声调也很铿锵。这种人简直不懂得作文是怎么一回事，只当它是无谓的游戏。其实，这样地作文，还是不会作的好；因为如果习惯了，对于别的事情也这样‘游戏’起来，这个人就没有办法了！然而，从来叫人练习作文，用的就是类乎游戏的方法，诸君恐怕不大知道吧？刚才看了几页历史，就叫他作《秦始皇论》《汉高祖论》，还没有明白一乡一村的社会组织，却叫他作《救国的方针》《富强的根源》：这不但二三十年前，就是现在，好些中学校里还是很通行呢。这些题目，看来好像极正当，可是出给不想作、没有能力作的学生作，就同教他作《太阳晒屁股赋》一样，而且对于他的害处也一样。”

又是一阵轻轻的笑声，笑声中透露出理解的欣快。

“所以，我不预备出这一类的题目给诸君作。本来，出题目可以分作两派。刚才提起的是一派。这是不管练习的人的，要你说什么你就得说什么，例如要你论秦始皇你就得论秦始皇；要你怎么说就得怎么说，例如要你说‘我国之所以贫弱全在鸦片’，你就得说‘我国之所以贫弱全在鸦片’。另外一派就不然。先揣度练习的人对于什么是有话说的、说得来的，才把什么作为题目出给你作。而且这所谓什么只是一个范围，宽广得很，你划出无论那一角来说都可以。这样，虽然先有题后作文，实则同应付实际需要作了文，末了加上一个题目的差不多；出题目不过引起你的意趣罢了，所写的内容还是你自己原来就有的。我的出题目就属于这一派。”

王先生说到这里，才在黑板上写出两个题目：

新秋景色

写给母校教师的信

许多学生好像遇见了和蔼的客人，一齐露着笑脸端相[1]这十几个完全了解的字。有小半就拿起笔来抄录。还有几个随口问道："是不是作两篇？"

王先生一壁掸去衣袖上的粉笔灰，一壁回答道："不必作两篇，两个题目中拣作一个好了。如果有兴致两个都作，那当然也可以的。——你们且慢抄题目，我还有几句话。对于这两个题目，我揣度诸君是有话说的、说得来的。我们经过了一个炎热的夏季，这十几天来天气逐渐凉快，时令已交初秋，我想大家该有从外界得来的一种感觉，从而想到'这是初秋了'。请想想看，有没有这种感觉？"

"有的，"一个胖胖的学生说，"我家里种着牵牛花，爬得满墙，白色的、紫色的、粉红色的都有。前一些时，早晨才开的花经太阳光一照就倒下头来了。叶子也软垂垂地没有力气。有一天上午，已经十点钟光景了，我瞥见墙上的牵牛花一朵朵向上张着口，开得好好地。从这上边，我就想到前几天落过几阵雨，我就想到天气转凉了，我就想到'这是初秋了'。"

"你如果作《新秋景色》这一个题目，你将说些什么呢？"王先生问，声音中间传达出衷心的喜悦。

"我就说牵牛花，"那胖胖的学生不假思索地回答。"牵牛花经得起太阳光照了，这是新秋的景色。"

1　端相：细看。

王先生指着那胖胖的学生对一班学生说："这是他的文字的内容。这个内容不是他自己原来就有的吗？你们感觉新秋的到来当然未必由于牵牛花，但是一定有各自的感觉；也就是说，各自的文字各自有原来就有的内容。大家拿出来就是了，这是最便利的事情，也是最正当的事情。"

大部分的学生一时沉入于凝想的状态；他们要从他们的储蓄库中检出一些来，写入他们的文字。有好几个分明是立刻检到了，眉目间浮现着得意的神色。

"再来说第二个题目。诸君在小学校里有六年之久，对于小学校里的教师，疏远一点的伯叔还没有这般亲爱。现在诸君离开他们，来到这里，一定时时刻刻想念着他们，有许多的话要告诉他们。不是吗？"

全堂的同学有大半是像乐华、大文一样，以前并不在H市的小学校读书的，经王先生这么一提，被他勾起了心事，就觉得非立刻写一封信寄去不可；他们用天真的怀恋的眼光望着王先生，仿佛说："是的，正深切地想念着他们呢！"

一个学生却自言自语道："明天星期日，我定要去看看我的屠先生了。这几天下午总想去，只因在运动场上玩得晚了，一直没有去成。"

"你的屠先生就在本市，"王先生说，"所以明天你可以去看他。他们的先生不在这里，而要同先生通达情意，除了写信还有什么办法？现在我要问从别地来的诸君：写一封信寄给你们的先生，是不是你们此刻的实际需要？”

“是的。”大半学生同声回答。

“信的内容是不是你们原来就有的？换一句话说，是不是原来就有许多的话想要告诉你们的先生？”

“是的。”

“那末，我的题目出得并不错。题目虽然由我出，你们作文却还是应付真实的生活。”

王先生挺一挺胸，环视全堂一周，又说：“诸君拣定了题目，就在自修的时候动笔。下星期一交给我。作成了最好自己仔细看过，有一句话、一个字觉得不妥当就得改，改到无可再改才罢手。这个习惯必须养成；做不论什么事情能够这样认真，成功是很有把握的。”

下了课的时候，乐华和大文并着肩在运动场上散步。乐华问道：“你打算作那一个题目？”大文说：“王先生说两个都作也可以，我就打算两个都作。”

乐华忽然想起了一个念头，拉着大文的手说：“我们作了《新秋景色》交给王先生看；信呢，我同你两个合起来写，写给李先生；写好了先请我的父亲看过，然后发出。李先生看见我们写的信像个样儿，比以前作文有进步，一定很欢喜的。”

大文听了，跳动着身体说道：“这很好。你我把要对李先生说的话都说出来，共同讨论；去掉那些不关紧要的，合并那些合得起来的，前后次序也要排得好好的。只是，誊上信笺去是不是各写一半呢?”

乐华对于大文这带着稚气的问话发笑了。他说:“这当然只须一个人写好了。你的字比我好,你写吧。”

运动场的那一角忽然发出热烈的呼声,原来有六个学生在那里赛跑,十二只脚尖点着地重又腾起。

“快呀!快呀!”大文回头望见了,便情不自禁地喊起来。

四 一封信

当天晚上九点钟的时候，乐华和大文把寄给李先生的信稿拟好了。他们先把要说的话都说出来，然后互相批评，这几句是不用说的，那几句是可以归并到那里的。批评过后，再商量那一段应该在前，那一段应该在后。造句也共同斟酌，由乐华用铅笔记录下来。他们的心思很专一，淡青色的月光充满庭心，有好几种秋虫在那里叫，在他们都像是另外一个世界里的事。当一个拟成一句句子，另一个给他修正了，彼此觉得满意的时候，兴奋的微笑便浮现在两人的脸上。从前在小学校里，有时也共同作文，全级的同学合作一篇文字；可是，他们感到今夜的共同写作，那种趣味是绝端新鲜的。

他们的信稿是这样的：

敬爱的李先生：

我们进第一中学校一个星期了。这里的情形，大略已经知道。今天国文先生出一个题目，教我们写信给母校里的先生。我们知道你是刻刻记念着我们的；就是国文先生不出这个题目，我们也要写信给你了。

这里教我们功课的先生共有七个，人都很好，待我们很和蔼。但是教英文的一位周先生是河南人，他说的虽然是国语，我们却不容易听懂他的话。我们想，往后听惯了一定会懂得的。现在每逢英文课，我们就格外用心听。

各种功课，我们都不觉得难。不过科目多了，需要预习和温习的多，自修的时间也得比以前多了。我们是走读的，在学校里，每天上下午有两点钟[1]的自修时间，回家来又自修一点半或两点钟，也就弄得清清楚楚，没有积欠了。

这里的同学大半是从别地方来的。他们把本乡的各种情形告诉我们，我们的见识增加了不少。我们也把S镇的大略告诉他们。他们听到镇上的那个和尚寺还是唐朝的古迹，都说有机会总要去看一看。

这里校舍很宽大。四面房子，围着中间的花圃。靠东的房子是大会堂，西北两面是教室，南面是办公室、会客室等。宿舍在后面，是两排楼房。运动场在大会堂的东面，陈设着各样的运动器具。我们最欢喜

1　两点钟：两个小时。后文中的“一点半”即一个半小时。

玩篮球，但是还不大能够掷中；在一个星期里，乐华只掷中了两回，大文只掷中了一回。

好像还有许多话要告诉你；拿起笔来写信，只写了上面的一些，却又好像已经写完了。到底当面谈话要好得多；你说几句，我们说几句，可以把积存在胸中的许多话说个畅快。什么时候能到你那边去玩几天呢？我们常常这样想。你很忙吧？你是常常忙着的。希望你抽出一点忙工夫来给我们写回信。我们接到你的回信，就像和你当面谈话一般地快活了。你爱我们，一定肯依从我们的要求。

校门外池塘里的荷花还没有开完吧？你说过的，清早起来，站在池塘边，闻那荷叶荷花的清淡的香气，是一件爽快不过的事情。这里校舍虽然宽大，门外却没有池塘，想到这一层，更深切地忆念你那边了。

学生周乐华、张大文同上

乐华看着信稿站起来，嘴里说："请爸爸看去。"

大文转身先走。两人踏着高兴的步子来到枚叔的书房里。枚叔正在那里看新出的《东方杂志》，听了两人的陈述和请求，便把信稿接在手里，同时说："你们两个人'合作'，论理应该比独个儿写要好得多。"

乐华、大文就站在枚叔的身边，两人的眼光跟着枚叔的眼光在纸面上上下下，好像尚恐有什么错误漏了网，不曾被发觉出来似的。

枚叔看完了，抬起头来对着两人说：

“这封信写得还好，只是有一个错误，必须修改。”

“在那里呢？”大文带着惊诧问；在他的意思，经过两个人这么仔细商量，该不至于有“必须修改”的错误了。

“爸爸且不要说出来，待我再来看一遍；”乐华的眼光重又在纸面巡行了，结果却无所得，回答他父亲的是疑问的瞪视。

“就在第二节，”枚叔指示说，“这一节里，讲到的是中学里的先生。你们以为把讲到先生的话写在一节里，就是有条有理了。不知道这不能一概而论。按照意思讲，开头说七个先生人都很好，待你们很和蔼，接着用‘但是’一转折，下面便应该是某一个先生在某一点上不大好的话了。可是你们却说周先生的话难听。这并不是他为人不好，也并不是他待你们不和蔼呵，怎么能够用了一个‘但是’，就同上面一句话连起来呢？”

乐华点头说：

“我明白了，这个‘但是’是用错的，这里用不到转折。”

枚叔又给他们解说道：

“作文、说话是一样的，在承接和转折的地方最要留心。一句里边有几个词儿不得当还不过是一句的毛病；承接和转折的地方弄错了，那就把一段的意思搅糊涂了。这须得在平日养成习惯，每逢开口说话决不乱用一个承接的、转折的词儿，一定要辨别了前面后面的意思，拣那适当的词儿来用：这样，作文的时候自然不会用错了。”

“那么就把‘但是’两个字去掉好了。”大文切心于信稿的修改，他悄然说。

“去掉固然也可以，”乐华想了一想说，“但不如把位置调一下。说周先生的话难听，说我们听它格外用心，这都讲的我们做功课的情形。正好归入第三节里去。爸爸，你说对不对？”

枚叔点头称是，接着说：

“此外讲到校舍的一节呆板一点，不过这算不得毛病。就全体看来，还有一个批评，就是表达情感不充分。你们和李先生是非常要好的，写信时应该有深切地表达情感的语句；这封信的第一节和末了两节里有着这类的语句，但都是淡淡的，说不上深切。”

“爸爸说得不错，”乐华恍然说。“刚才我们仿佛觉得还有话要说，可是不知道那些话是什么；就把这情形老实对李先生说了。现在听爸爸说了，才知道这原来是嫌自己表达情感不充分的一种心理。”

“你们能感到不满足，就好了。这原不是多想便可以成功的事，也不全关于学力。特意求深切，结果往往平平；有时无意中说几句、写几句，重行回味，却便是深切不过的了。

关于表达情感，常有这等情形。将来你们写作的经验多了，也就会知道。”

“那么这封信要不要寄出呢？”大文问乐华；按照大文的意思，如果重行写过，能够比这一封好，他是情愿再费一两点钟工夫来起草的。

“那当然寄出，”枚叔抢着回答。“你们有这一些意思要告诉李先生，现在把它写在纸上了，为什么不寄出呢？我刚才说你们表达情感不充分，这是深一层的责备。依一般说，这封信清楚明白，末了两节又有活泼趣味，也就可以了。你们究竟还是初中一年级的学生呢。”

乐华说：“我们下一次写信给李先生，仍旧先给爸爸看；希望听得爸爸说‘比较前一回进步了’。这一封呢，依刚才说的改一下，就寄出吧。”

大文这才定了心。他偶然抬起头来，看见窗外的月光，便自言自语道：“明天还得作《新秋景色》呢。”

五 小小的书柜

这一天是旧历的中秋，大文的母亲先一天就叫大文邀请乐华全家来家里过节赏月。

中秋日放学后，乐华就和父亲母亲同到张家去。天气很好，人人都预期着今宵月光的明澈。乐华尤其兴奋，准备晚上和大文共吟王先生昨日选授的李白的《把酒问月》。

到了张家，大文已在门口迎候了。周张两家虽是亲戚，时相往来，像今日这样的双方全家聚会，却是难得的事，主客都非常高兴。张太太邀周太太入内室去，大文邀乐华和枚叔到书房里坐，大文尚有一个七岁的弟弟，在内室跟着妈妈姨母玩耍。

张家原是个世家，上代有好几代是读书的，大文的父亲子渊也是读书人。家产虽越弄越少，书籍却愈积愈多。古旧而宽广的书房中，四壁都是书。六年前子渊突然逝世，张太太因经济困乏，正在无可奈何的时候，曾依了枚叔的主张，将版本值钱的书籍卖去许多部，可是剩下的书籍数量仍旧不少。这藏书总算是张氏一家的纪念品，子渊死后，枚叔每到这书房，不禁感慨无限。

大文今夏自乡间回H市就学以后，这书房就是他的用功之地。张太太曾再三叮嘱，不许他乱抽架上的书，可是大文总不免要手痒。他瞒过了母亲，好奇地把架上的书抽来翻看，见有看去略能懂得的，就放在自己的案头，案头堆得满满地，除校中所用的各科教本外，杂乱地摆着许多旧书。这中间经史子集差不多都有些，正翻开着的是一部李太白的诗集。

"了不得，这那里像个初中一年级学生的书案！"枚叔踏进书房，看见书案上杂乱的书籍，不禁皱眉苦笑着说。

大文面红了，乐华默然地看看大文又看看枚叔。

"能课外读书，原是好事。但乱读是不但无益而且有害的。你们在学校里有许多功课，每日自修又需要好几点钟的时间，课外的余暇很是有限，故读书非力求经济不可。"枚叔说。

"那么怎样才是经济的读法呢？"乐华问。

"好，趁此机会，我来对你们谈谈读书的方法吧。大文，先把你的案头整理清楚，把许多书仍旧放到书架上去。"

大文即着手整理案头，乐华也帮同料理。子渊死后，每年晒书，枚叔都来帮忙。所以书架上的书都经枚叔亲手安排，大约依照门类顺次分别安放，每书都有一定的位次的。经大文抽动以后，有的已弄错了部位。枚叔指挥着大文和乐华，将某书应放在某处一一指导，并把分部位门类的大略情形告诉他们。

张太太送月饼出来，见枚叔正指挥大文等清理书籍，书案上已不像方才的杂乱了，笑着对枚叔说：

“究竟你是内行人，说话有力量。我屡次叫大文不要胡乱取书，他总是不听。张家出了好几代的书呆子，不要大文将来也是书呆子啊。”

“请放心，我正预备和他谈谈，”枚叔安慰张太太。

“请多多指教他。”张太太自去。

大文陪枚叔、乐华吃过月饼，静候枚叔发言，乐华望着整理清爽了的大文的书案，也做同样的期待。枚叔环顾室内，打量了好久，指着一个小小的书柜，对大文、乐华说：

“你们把这小柜子里的书腾清出来，按了方才所说的门类，摆上书架去。这些都是词集，应摆在那一架？”

大文即在摆诗文集的架上依次归并，腾出一些空位，乐华帮同将小柜中的书叠好了去补空。枚叔点头说“好”，一壁把小书柜捧到大文的书案上，靠壁摆好。说：

“大文，把这柜子作为你的书架吧。让我来替你选些可读的书进去。”

大文、乐华才知道枚叔叫他们腾清小书柜的理由，焦切地等着枚叔开口。枚叔在书架前踱来踱去地巡视了好几次，先取了一部《辞源》给大文道：

“字典是最要紧的。读书有疑难时可以随时查检。你们以前常用的《学生字典》只有字，没有辞[1]，也许不够应用。把这一部和你常用的《学生字典》一起放在柜子里吧。书架上还有《康熙字典》《经籍纂诂》《佩文韵府》《人名大辞典》，也都是这一类的书，将来用得着的时候，尽可翻查。但现在却不必放在案头。”

乐华接了《辞源》替大文装在小书柜里。大文跟着枚叔走动。走到摆小说书的架子旁，枚叔立住了说：

“像你们的年龄，读小说故事是很相宜的。我从乐华口里，知道你们在高小时已读过《三国志演义》[2]了。我国的说部之中，有名的还有《水浒传》《镜花缘》《儒林外史》《红楼梦》《老残游记》，这架上都有。先读《老残游记》或《镜花缘》吧。翻译的外国小说故事也该选读，这架上有《鲁滨逊漂流记》《希腊神话》，都是可读的。任你各挑一部去读。读了一部，再读第二部。”

“让我先读《镜花缘》和《鲁滨逊漂流记》，把《老残游记》和《希腊神话》借给乐华去读，大家读毕了再交换，好吗？”大文说。

枚叔点头，把书从架上取下。乐华很高兴地接了书去，枚叔和大文又走到安放诗文集的书架旁，抽出一部《唐诗

1　辞：全书辞、词时有混用，依据原书，不做更改，

2　《三国志演义》：即《三国演义》，全称《三国志通俗演义》。

三百首》来说：

“你方才不是在读李太白的诗集吗？古来诗人的集子很多，仅只唐人的集子已经不少了，那能一一读遍呢？还是先读《唐诗三百首》吧。这部书所收的原只三百首诗，但都是名家的名作，其中分古风、律诗、绝句，你们可先读绝句。诗之外还有词，词原可以不读，如果为求常识起见想读，也好。就读《白香词谱》吧。这里所收的是一百首名词，一百个普通常用的词调。你们到初中毕业，读熟了这些，已尽够了。”枚叔说着，又把《白香词谱》从架上取下，连同《唐诗三百首》交与乐华，叫他替大文装入书柜中。

枚叔忽然在椅上坐下，沉默地向着好几只书架注视了好久，若有所思。大文也默然立在旁边。

“此外还须读些什么呢？”乐华问。

“此外当然还有。第一是经书类。经书是古代的典籍，在我国已有很久的历史，古人的所谓读书，差不多就是读经书。现在你们的读书是为了养成各种身心能力，并非为了研究古籍，目的与古人大异，经书原可不读，只要知道经书是什么性质的东西也就够了。《论语》《孟子》合《礼记》中的《大学》《中庸》普通称为‘四书’。‘四书’在我国和西洋基督教的《圣经》一样，说话作文时，常常有人引用，其中所包含的是儒家的思想。既做了中国人，为具备常识计，这些也该知道一点。这学年先读《论语》吧。《论语》读毕再读《孟子》。《大学》《中庸》就可读可不读了。”枚叔指示一只书架，叫大文自己寻出《论语》来放在书柜里。

“还有子类和史类呢？”乐华居然把方才新收得的部类的知识应用上了。

“《论语》《孟子》普通虽称经，其实就是子。诸子当然是值得读的，但是在初中时代恐无暇读遍。史书更繁重，普通读书人向来也只读‘四史’，就是《史记》、前后《汉书》和《三国志》。你们正课中已有历史科，用不着再读了。诸子和史书虽不必读，但当作单篇的文章，国文科中会有教到的时候。那时最好能把原书略加翻阅，明白原书的体裁。譬如先生选了《史记》的一篇列传，当作文章来教你们的时候，你们就得趁此机会去翻翻《史记》原书，那时你们就会知道《史记》有多少卷，列传之外，还有本纪、世家、书、表种种的东西。这是收得概括的知识的方法。”

“方才大文翻《李太白集》，就是为了王先生昨天选授李白的《把酒问月》的缘故啰，”乐华趁机替大文辩白。

“哦，原来如此。很好。大文，以后就用这方法啊。”

大文把学校教本也如数装入书柜中去，小小的书柜已有了十分之六七的容积。枚叔过去打量了一会，说：

“古旧的成分似乎太多了，让我明天和王先生商量，看有什么好的新出的少年读物没有。开明书店发行的《中学生》杂志是纯粹为中学生办的，明天我去订两份，把一份送你吧。”

乐华、大文愈加高兴。

黄昏渐渐侵入室内，窗外传来了“好月亮！好月亮！”的邻儿们的呼叫声。大文、乐华这才重新记起赏月的事来，相将[1]跑出书房去，枚叔也跟着走到中庭。

客堂中已摆好晚餐的酒肴，宾主合起来还不满一桌；大文、乐华心不在吃饭，胡乱吃了一些就跑到中庭去了。张太太和枚叔夫妇彼此絮说家常，谈到两家的先世，谈到儿女的将来。月光映在庭阶上，黄黄地，光暗的界线非常分明。

“人攀明月不可得，月行却与人相随。”这是大文与乐华的吟哦声。

“你听，两个书呆子！”张太太笑向周太太说。

“据说这是昨天先生教他们读过的，是李太白咏月的诗哩。他们似乎已读得很熟了，”枚叔代为说明。

饭罢又过了好久，枚叔一家才告辞回去。大文对母亲说月色很好，要同走送他们一程，就和乐华前行。

乐华把大文借给他的两部书用纸包了携着，对大文说：“我也要去备一只小书柜呢。”

1　相将：相随，相伴。

六 知与情意

“九一八”东北事变的消息激动了全国的民众，因了当局的退让，民情愈见激昂。其中最感到愤懑的，不消说是青年学生。各地学校纷纷组织抗日会，努力于宣传及抵制仇货[1]的工作。

第一中学是全市学界抗日协会的一分部，校中师生分隶于总务、纠察、宣传、调查诸科。每科之下又设若干组，分头工作，空气非常紧张。校内到处贴着惊心动魄的标语，课外运动停止了，将这时间改行军事训练，各科教师都暂抛了原有的教程，改授与抗日有关的教材。沈先生于算术科的应用问题中用飞机速率、军舰吨数、食粮分配等做题材，张先生教地理，所讲的是东北的地势，李先生教历史，所讲的是历来帝国主义侵略我国的情形。校长黄先生、教务主任陈先生从前都曾留学日本，熟悉日本的一切，每星期给学生讲日本

1 仇货：敌对国家的商品和货物。

的国情一次。

王仰之先生在国文科中所选授的，也都是与抗日有关系的文字。其中有一篇是《中学生》杂志卷头言《闻警》，乐华、大文才知道王先生也是《中学生》杂志的定阅者。

王先生很推许《闻警》一文，他说：

“这篇文字是完全对你们中学程度的青年说的。篇幅虽只千把字，内容很不单薄，尤能表出激昂愤懑的情绪。其中的主旨，叫青年须认识公理，认识帝国主义，认识自己，都切实可行，不是空论。”

乐华、大文、朱志青及女生汤慧修、周锦华因为被推为宣传科中一年级的编辑股[1]员，所以很关心于抗日文字的写作，在课堂听讲时比别人格外留心。

这天接连有两班国文课，第二班上课时，等到王先生讲话告了一个段落，朱志青以编辑股干事的资格立起来说：

“我们五个——周乐华、张大文、汤慧修、周锦华和我——被推为本级的编辑股员，本周《抗日周刊》评论栏的文字，就轮着本级担任，今晚须缴卷。我们这篇抗日的文字该怎样作才对？就在这一小时中，请先生给我们些指导，并请同学们给我们些意见。”

全班学生都认为这要求正当得很，王先生也点头说“可

1　编辑股：相当于“编辑部”。

以”。全堂一时沉寂下来，似乎各自在用心想。王先生先开口道：

“我以为第一步该认清目标。方才那篇《闻警》，是杂志编者对你们中学程度的青年说的。你们在《抗日周刊》上发表的文字，预备给什么人看?”王先生说时，目光注视着汤慧修和周锦华。

“周刊是宣传品，无论什么人的手里都会传到，我们的文字是预备给大众看的，要叫大众起来抗日。”汤慧修回答得很直截。

“对，是预备给大众看的，要叫大众起来抗日。如果你们是军事专家，确有军事上的计划，你们将告诉大众以军事上抗日的方法吧。如果你们是对于外交有知识的，你们将告诉大众以外交上的抗日策略吧。现在你们是中学生，你们叫大众抗日，究竟有什么具体可行的方法没有？叫大众怎样去抗日?”王先生的眼光向全堂四射。

全堂又沉寂了。汤慧修红了脸把头俯着。

“抵制日货啰，”一个胖胖的学生叫作胡复初的回答。

“对，抵制日货，原是抗日的一种易行的手段。但要怎样抵制才有效力？中国抵制仇货不止一次了，每次都虎头蛇尾，此次抵制失败时，该怎样救济？你们都已有方案了没有?”

胖胖的胡复初把头俯下了。全堂又沉寂。

“请大家不要听了我的话就失望。”王先生故意露了笑容继续说，“文章仍是有法作的，我方才的话只是说要把作文的方向弄个明白而已。你们回答的话，其实都不算怎么错。”

课堂中的空气突然活动了。汤慧修、胡复初都把头抬起，全体学生注视着王先生，露着急切期待下文的神情。

“我们的心的作用，普通心理学家分为知、情、意三种。知是知识，情是感情，意是意欲。对于一事物，明了他是什么，与别的事物有什么关系，这是知的作用。对于一事物，发生喜悦、愤怒或悲哀，这是情的作用。对于一事物，要想把他怎样处置，这是意的作用。文字是心的表现，也可有三种分别，就是知的文、情的文与意的文。关于抗日事件，外交上、军事上的具体办法，抵制日货的切实方案，这是知的方面的事，我们在这些方面，当然不很有明确的知识。这类文字，只好让专门家去执笔。我们对于东北事变，知的方面虽还缺乏，但情与意的方面是并不让人的。谁对于日人的暴行不愤激呢？谁不想对日人的暴行作抵抗呢？我们该明白这道理，从情与意的方面来说话。我们的文字是宣传品，是给大众看的。我们该以热烈的感情激动大众，以坚强的意志鼓励大众，叫大众也起来和我们一起抗日！”王先生这段长长的话，前半说得态度很平静，后半却越说越激昂起来。

数十个人头一些都不摇动，直到王先生说完了这一段的话为止。五个编辑股员听毕了王先生的话，不约而同地都吐出一口安心的气来。

“从情意方面去说话，但是须注意，”王先生又继续说。“情意与知识，虽方面不同，实是彼此关联的。情意如不经知识的驾驭，就成了盲目的东西。这几天街上到处都贴着标语，大家一定都看见的了，有的写着‘扑灭倭奴！’有的写着‘杀到东京去！’骂日人为‘倭奴’是愤恨的表示，是情。想要‘扑灭’日人，想要‘杀到东京去’，是一种希求，是意。可是按之实际，这种说法都是一厢情愿的胡说。其可笑等于乡下妇女骂人‘你是畜生！’‘杀千刀的！’试问：骂人家‘畜生’，人家就会成‘畜生’了吗？骂人家‘杀千刀的’，人家真会被‘杀千刀’了吗？这都是单逞情意，不顾知识的毛病。”

全堂哄笑声中，下班铃响了。不久，操场上传来了召集的喇叭声。朱志青叫住乐华、大文及汤慧修、周锦华，暂留在教室里。

“就在这两点钟以内大家来商量商量把稿子做好吧。让我到军事训练班上去告假。”说着就去了。

朱志青回到教室，就说：“请先把大意商定，推一个人起草，然后再共同斟酌吧。”说着，拿了粉笔立在黑板旁，等大家开口。

“第一节当然是先叙述经过情形。因为若不叙述，话就无从说起。”汤慧修说，“不过这叙述要简单，只要几句话就够了。”

其余诸人都点头。朱志青就在黑板上写道：“简叙经过情形。”

“其次说什么呢?”朱志青问。

“其次当然要表示愤恨了。姑且写‘感言’二字吧。”大文说。

朱志青照写在黑板上。

“对于政府的依赖国联[1],似乎也该责备几句,”乐华说。

“还有张学良的不抵抗,也可连带在这里说及,”周锦华说。

“我们的文字,是要叫大众抗日的,对于大众,似乎该抱一种希望吧。”朱志青一壁写“责政府”“责张学良”一壁说,最后写道“对于大众的希望”。

大意完成了,推汤慧修起草,汤慧修也不推让,走到教室一隅的坐位[2]上执笔俯首就写,周锦华靠在旁边看她。朱志青与大文、乐华凭窗看同学们在操场上受军事训练。

汤慧修起草完毕,交给大家看时,大家看了都满意,只略略更动了几个字就通过了。汤慧修主张大家到王先生房里去,请他看一遍。

五人到王先生房中时,王先生正满身浴着殷红的夕阳,在窗口埋着头不知翻查什么。案上除了最近一期的高高的一

---

1 国联:“国际联盟”的简称,是于1920年成立的国际组织,标榜以“促进国际合作,维持国际和平与安全”为目的,实际上为帝国主义所操纵,到1946年正式解散。

2 坐位:即座位,后文同。

叠作文本以外，杂乱摊着《中国外交史》《国际现势》《日本研究》《约章成案汇览》《帝国主义》等的书册。

朱志青申述来意，把稿子交给王先生。

王先生含笑点头把稿子接去看。那稿子是这样的：

上月十八日的夜间，日本军队攻击沈阳的北大营，这好像一个流氓开始伸出他的拳头，他要大大地逞一回凶了。果然，沈阳就在当夜被他们占据去了。二十一日，吉林省城又被占据。辽吉两省的重要地方，十几天内，也接连地失去不少。我们翻开地图来看，辽宁、吉林明明是我国的土地，那里住着百千万我们的同胞。但是，此刻在那里杀人放火的是日本的军队，此刻在那里奔跑示威的是日本的战马和炮车，而此刻在那里呼号啼哭、受尽痛苦的是我们的同胞！想到这里，心中的愤恨像火一般燃烧起来了。

日本帝国主义是我们的仇敌，我们要有结实的拳头来对付他！但是，我国的政府却去告诉国际联盟，要国际联盟出来说话。国际联盟原来是各帝国主义的集合团体，流氓与流氓是一伙儿，对于我们难道会有好处么？

东北军事长官的不抵抗也是万分可恨的事。花费了民众的赋税，养了许多的兵，制造了许多的军械，敌人来了，却老着脸说“不抵抗”，要他们做什么用！

现在，全国同胞的愤恨都像火一般燃烧起来了。军事长官不抵抗，政府要告诉国际联盟，我们同胞自会伸出拳头来对付敌人的！中国究竟是全国同胞的中国啊！

“很好，就这样去缴卷吧，”王先生看毕说。

过了一歇，王先生又苦笑着说：“外国人讥诮我们中国是‘文字之邦’，我们只能用文字去抗敌，大家应该怎样惭愧啊！”

五人都像背上被浇了一盆冷水，俯首退出。乐华出了校门，在归途上还深深地觉得无可奈何，心里屡次自问道：“我们只能用文字去抗敌，大家应该怎样惭愧啊！”

七 日记

东北的事变愈弄愈大，民众在激昂的情绪中过了国历的新年，又到了废历的年边。第一中学虽已照章放寒假，但抗日会的工作并不中辍，并且愈做得起劲，师生都趁了闲暇，分头努力，把整个的时间心力集中在这上面。

乐华的父亲枚叔因行务须赴上海。从H市到上海，只须乘半日火车就到。乐华家有好几个亲戚都在上海工商界服务，他们已先后迁居上海，子弟们就在那里求学。其中有许多自幼与乐华很莫逆，小朋友间时有书简来往的。这次枚叔因事赴上海，适值学校放假，就带了乐华同去，一则想叫乐华领略领略大都市的情形，二则也想叫小朋友们有个会晤的机会。乐华就向校中抗日会编辑股告了假，很高兴地随着父亲去了。

乐华父子到上海去的第二日，“一·二八”事变的警报就传到H市。“日兵侵犯闸北”“十九路军抵抗胜利”“日兵用飞机在闸北投炸弹”“闸北已成焦土”，诸如此类的标题，连日在报上用大大的字载着。每次由上海开到的火车都挤得不成样子，甚至连货车、牲口车都塞满了人。消息传来，都说日兵如何凶暴，十九路军如何苦战，中国人民如何受伤害。H 市人民大为震动，有家属戚友在上海闸北的更焦急万状。

乐华的安否，很使小朋友们担心。据大文所知，乐华家的亲戚有好几家都在闸北，乐华动身以前，曾和大文说过，到上海后预备与父亲寄寓在闸北宝山路母舅家里。闸北既为战场，乐华是否无恙，同学中与乐华要好的都不放心，最焦切的当然是大文。大文每日到车站去打听，遇到从上海来的避难者，就探问闸北的情形，愈探问愈替乐华着急。整日到晚盼望乐华有信来，可是因为上海邮局也靠近战区，邮件不免被延搁了。

又过了几日，大文到学校去，照例顺便到乐华家里探问乐华的消息。但见乐华的母亲的神情已不如前几日的愁苦了。据她说乐华父子已避入租界，且交给他乐华附来给他的一封信。这信是托一个逃难回 H 市的亲戚带来的。

大文急把信拆开来看。信是用铅笔写的，信笺是日记册中扯下来的空白页，信以外还有厚厚的一叠日记空白页，用铅笔写着很细的文字。

信中说："不料我到上海来就做难民。现已与父亲随母舅全家逃出闸北，住在旅馆中。"又说，"父亲原想叫我先回 H 市，近日火车、轮船都极挤，闻有被挤死的，舅父母不肯放我走。”又说，“这次的经历，在全中国人，在我，都值得记忆。我前次曾和你想找个叙事文的题目，找不出来，现在居然遇到这样的大题目了。”又说，“我从日记册中把这几日的日记摘抄了送给你，你看了也许会比看报明白些吧。”又说，“王先生叫我们写日记，不料我的第一册日记，就要以如此难过的文字开始。”又说，“请把这记录转给王先生和志青、慧修、锦华几位看看，如果他们觉得还有意义，就登在《抗日周刊》上，作为我所应该担任的稿件吧。”最后又说，“我近来痛感到我自己的无用，日人杀到了我的眼前，我除痛恨他们的凶暴以外，并不能做什么有效的抵抗行动，真是惭愧。”

大文把信看完，因为急于想把乐华的消息转告同学们，匆匆地就走，一壁走，一壁读着乐华的日记。

过了二日，第一中学的《抗日周刊》上登载着乐华寄来的记录，题目是《难中日记》。

一月二十八日

半日的火车，除看风景外，全赖携带着的《老残游记》和父亲中途购得的当日上海报纸消遣。报上已载日本海军因华人抗日向上海市长提出抗议的消息。车中议论纷纷，都说上海会有不测。到上海后，父亲带我至宝山路母舅家去。宝山路上但见纷纷有人迁居，形势很是严重。到了母舅家里，舅母正和表姊在整理箱箧，似乎也预备要迁。我们才坐下，舅父和表兄都从外面回来，说市长已答应了日人的要求，不会再有事，不必搬了，劝我们就住下。全家于是去了惊慌之念，来招呼我们。晚饭后父亲想出去接洽事务，因外面已戒严，走到弄堂口即回来。舅父虽解释说闸北戒严是常事，大家总似又不安心了。门外什么声音都没有，比乡村还静，不到九点钟，我们全睡了。

一月二十九日

昨晚大约在十二点钟左右，舅父忽然叫醒我们，似乎有枪声，大家不要熟睡。我们醒了后，果然继续地听见了一种比鞭炮还尖锐而沉着的声响。父亲和表哥都说的确是枪声，看来已经开火了。呀，竟免不了要接触！心里不觉感到一些恐怖。隔不了几分钟，枪声竟连续而来了，并且还有机关枪的声音夹杂在里面。舅父说睡在楼上危险，应该睡到楼下去。于是我们就在外面机关枪声连发时，每人顶了一条被头，匆匆地走下楼去，就在客堂的地板上胡乱睡下。外面的枪声一直延续着，没有停止的时候。我们睡在地板上，除了一个还只五岁的表弟外，谁都睡不着觉。我的胆量素来并不算小的，可是今天晚上却无论如何不敢把头伸出到被外，身子在被里老是瑟瑟地抖，头上身上全是汗珠，把一件衬衫都湿透了。呼吸几乎窒塞，每当枪声稍为和缓一些或者稍为远了一些时，便把头探出被来透一口气，正在觉得略为舒适的时候，常常是一声极响的枪声把我的头又吓进被头中去。挂在墙上的钟，一点，两点，三点，四点，没有一次的敲响不钻进我的耳里。但愿天快些亮。

过了四点，除了枪声机关枪声外，又加入飞机声和自飞机上掷下来的炸弹声。飞机声，我虽则平常早已听见过，可是声音这样的逼近，却是第一遭。飞机内马达开动的震动声都听得十分清楚，不但机叶扫动空气的风声而已，竟可说是活像一辆汽车在门外开过。在这样的响声继续了半个多钟头后，室内忽然非常明亮，我起初还疑心是谁开了电灯，经父亲的说明，方知这是飞机里的探照灯的光线。表哥起来到窗边去偷看了一下，据说，飞机低得仿佛就在屋顶上，连里边的人都看得很清楚呢。

苦苦地挨到了天亮，大家商议怎样逃出这险境的方法。又是表哥起来先到门外面去探听，他回来说，前面宝山路无法通行，只有从后面出去，还可想法。于是大家胡乱吃了一些早饭，便光身走出后门。向西走去，到了中山路，枪炮声是比较远得多了，可是飞机还是要来到头顶上盘旋，我们只好贴近墙壁走路。

路上的人多极了，和我们一样，全是“逃难”的。昨天晚上下过雨，地上滑湿得很，走路实在不易。我们随了大众一直向西走去，据说，到了曹家渡，可转入租界；然而又没有人走过这条路，只有像哥伦布航海那样，向前走去是了。走了大约一个钟头的辰光[1]，两腿已经有些酸了，路上没有黄包车可雇，舅父花了三元大洋，才雇到两辆小车。我们盘膝分坐在两辆车上，大约在十点钟左右，终于到达曹家渡了。通租界的那顶桥上，有武装的外国兵防守着，向了桥这边瞄着准，靠在叠得很高的沙袋上，只要这边有一些动静，他们只要手指头在枪机上一扳，随时就可给我们以一个扫射。我们这许多人小心翼翼地通过了这桥。过桥据说就是租界，大家都透一口气，似乎已经获到了安全的保障了。我们平常喊收回租界，现在又要躲到租界里来，我深深觉得矛盾。

我们换乘公共汽车到中心区去找旅馆。旅馆都早已客满了，费了九牛二虎之力，才在一家小客栈内得到一间小小的房间。

下午，跟了父亲去打听消息。在路上，只见满是来来往往的行人。走到河南路，忽然有许多黑色的纸

---

1 辰光：时候。吴地方言。

灰从天空落下来，我拾起一片来看，原来就是我用惯了的《辞源》的一页。听路人说，闸北商务印书馆被焚毁了。

夜报上详载着闸北焚烧的消息，商务印书馆被毁证实。舅父及表兄都是在该馆服务的，一家突然失去生活的根基，愤懑可知。父亲傍晚从朋友处回来，似乎很有忧色，不知听到什么消息了。

一月三十日

昨夜睡得很酣，虽则那么多的人挤在一起。夜半，曾隐约听到隆隆的炮声。

一起身，表哥便出去买进一份报来，大字的标题，说我十九路军胜利，大家都为之一乐。舅父说："我们个人虽则吃了些苦，只要于国家有利，那么，就再多牺牲一些，也是心愿的！"

在旅馆里实在没有事可做，只好跟了父亲到外边去瞎走。外边市面是全无了，店家都已罢市，门上贴一张红色印刷的纸条，写着"日兵犯境，罢市御侮"八个大字。唯有卖报的生意大好。有日报，还有夜报及号外，差不多每个行人手里都有一张报纸。

外面盛传粮食将起恐慌。各处的交通差不多都已断了，唯有沪杭路还通着，北站听说已被烧，火车只到南站。父亲颇想邀了舅父全家一同回到H市去。同旅馆中曾有人从南站折回，说车子无一定班次，妇人小孩竟有在车上挤死的。报上又载着日飞机在南站一带盘旋的消息。看去一时不能脱出上海的了。

夜间炮声甚烈，玻璃窗震动得发响。

乐华寄来的日记原不止三日，这期的《抗日周刊》上只登了这些，末尾注着“未完”二字。

八 诗

“一·二八”事变引起了金融恐慌，各业周转不灵，公债的价格暴落，公债交易所至于停市。各地靠公债投机为业务的银行纷纷倒闭。乐华的父亲所服务的H市某银行也是其中之一。乐华随父亲回H市后，不久父亲就失业了。乐华本学期的学费是从母亲有限的储蓄项下支出的。母亲把那笔钱交给乐华时曾说：“如果你父亲在H地方里一时找不到职业，下半年也许非搬回乡间去不可，你也许不能再进第一中学了。这学期要格外用功啊。”

国难与家难逼迫得乐华很勤奋。枚叔虽不免烦闷，表面却仍泰然自若，除偶然出去探望朋友外，长长的春日，闷在家里，全靠读书消遣。陶渊明的集子是枚叔近来常放在案头的。乐华每当放学回来，常见父亲坐在案前读书，近拢去看，所读的老是一本《陶渊明集》。乐华趁父亲不在家时，也曾取《陶渊明集》来随便翻看，词句间虽偶有看不懂的，大致都已无困难，觉得比别人的诗容易读得多。其中描写田园景物诸佳句，尤中心意。一种冲淡幽玄的情味，被乐华尝到了。

“母亲说，下半年也许非搬回乡间去不可，就回乡间去吧。读书种田，清贫过活，趣味多好！人格多高尚！”这是乐华不曾出口的话。

有一天，王先生选了陶渊明的《归园田居》六首给学生读，几月以来，报上的国难记载与所选读的激昂慷慨的文字，已使学生们的情绪紧张到了极度，突然读这几首诗，都感到异常的松快。犹如战士们从火线中出来，回到故乡一样。乐华的感兴又与别的学生不同，在他，这几首诗已不止是空泛的憧憬，简直想认作实际生活的素描的图案了。

在放学的归途上，乐华与大文谈这几首诗的趣味与陶渊明之为人。且说父亲近来也在每日读陶诗。又把自己近来的感想告诉了大文。

“到我家里去歇一会吧。让我们请父亲讲些关于陶诗的话。”乐华在自己门首邀住大文。

乐华和大文走进自己家里，枚叔在西窗下案前坐着，夕阳半窗，柳丝的影子在窗子玻璃上婀娜地摆动，案上正摊着陶诗。

“爸爸，我们今日也在读陶渊明的诗呢。王先生选了《归园田居》六首。”乐华说。

“哦，”枚叔就案上把《陶集》翻动，很快地把《归园田居》翻出了，指着说，“是这几首吧？你们读了觉得怎样？”

"很好!"乐华、大文差不多齐声说。

"陶诗原是好的,我近来也常在读着。但于你们也许不好。我想,王先生选陶诗给你们读,目的大概是供给常识,叫你们知道有陶渊明这样的人,知道有这一种趣味的诗而已。"

乐华、大文都露出疑惑的表情,尤其是乐华好像失去了将来的目标,不禁把近日所怀抱的意思吐露了出来,说:

"我觉得过陶渊明那样的生活很有趣味。"

"别做梦吧。在陶渊明的时候,也许可有那样的生活,你们现在却已无法学他。陶渊明派的诗叫作田园诗,田园诗自古在诗中占着重要部分,从前都市没有现在的发达,普通的人都在田园过活一世,他们所见到的只是田园景物,故田园诗有人作,有人读。现在情形大不同了。大多数的人在乡间并无可归的'田园',终身局促在都市'尘网'之中,住的是每月多少钱向房东租来的房子,吃的是每石十几块钱向米店购来的米,穿的是别人替我们织好了的绸布,行的是车马杂沓的马路,'虚室''桑麻''丘山''荆扉'……诸如此类的辞藻,与现在的都市人差不多毫无关系。我们读田园诗觉得有兴趣,只是一种头脑上的调剂,这情形和都市的有钱人故意花了钱到乡间去旅行一次一样。老实说,只是一种消遣罢了。"枚叔说了苦笑,随手把《陶集》翻拢。

"那末我们不能回乡间去了吗?母亲曾和我说过,如果爸爸在H市找不到事情,下半年也许非回乡间不可呢。"

"如果不得已，原只好回去，但要在乡间过生活，即使你将来会拿锄头，也很困苦吧。你须知道：现在的乡间决不会再有陶渊明，也绝不能再有《归园田居》那样闲适的诗。时代有一定的特色，读古人的书须留心他的时代，古人原并不对你说谎，但你一不小心也许会成为时代错误者，上很大的当呢。"

乐华、大文听了这一番话，都似乎大大地感到失望。胸中新收得的闲适的诗趣全失，换进去的是俗恶的现实的悲哀，枚叔忽然走到书柜前面，从许多小册子中抽出一本书来，坐在案前翻寻了一会，把书页折了两处，对乐华、大文说道：

"这是一本翻译的新俄作家的诗选。这折着的两首你们去看看。"

乐华、大文把书接来看时，第一首是莎陀菲耶夫的《工厂的歌》。

我今天才感到了，今天才知道了，
这里的工厂是每天有热闹的狂欢节祭的。
每天在一定的时刻举行歌宴，——
穿工作服的客，声响与轰击，歌与跳舞，
声响与轰击，没有言词，只有音响的谐美的话声，
泥醉而高兴着似的车轮的整齐的有节奏的舞蹈。
每天往工厂去，往工厂去是愉快的。

懂得铁的话，听得天启的秘密，是愉快的。

在机械旁边，学着粗暴的破坏的力，

学那不绝地构成那光明的新的东西的力，是愉快的。

两人读毕以后，面面相觑地惊异起来，急急地再去翻第二处折着的书页，那是加晋的《天国的工厂》：

青石的工厂

高而又广阔。

啵！刀劈一般的警笛

以沉重的声调鸣叫着。

于是从各隅

穿着黑的，污秽的厚的工作服

以风一般的警笛结合着的

力强的锻冶工的群，急忙着来了……

天空是愈黑暗了。

暗黑的群众会合着，

即刻迅速地

用了气闷的炎热，

将电光的熔矿炉

赤红地燃烧着。

于是快活的锤声

将广阔的工厂颤动了。

两人看毕仍是莫名其妙，相对无言。倒是枚叔先发问：

“句子是懂得的吧，如何？”

“这也是诗吗？”大文问。

“是诗啰，是新体诗。你们应该已读过新体诗了吧？”

“新体诗是读过了的，胡适的，徐志摩的，刘大白的，都见过几首。不过内容似乎和这完全不同。”乐华回答。

“你们觉得有些异样吧？这难怪你们。从前的人大都以‘风花雪月’为诗料。新体诗中这类‘风花雪月’的词彩也常常见到。我们读惯了这类的诗，于是就容易发生一种偏见。如果陶渊明的是田园诗，这两首俄国作家的诗可以说是工厂诗。陶渊明是种田的，故用‘野外’‘桑麻’‘锄’‘荆扉’等类的辞；俄国革命以后，做工成为吃饭的条件，大多数的人都要与机械为伍，这几个诗人都是在工厂做工的，故用‘工厂’‘铁’‘熔矿炉’‘锤’‘工作服’等类的辞。田园与工厂，同是人的生活的根源，田园可吟咏，当然工厂也可吟咏的了。切不可说关于田园的辞类高雅，是诗的；关于工厂的辞类俗恶，不是诗的。诗的所以为诗，全在有浓厚紧张的情感，次之是谐协的韵律，并不在乎词藻的修饰。这几首是译诗，原来的韵律我们无从知道。但就情感说，仍不失为很好的作品。他们对于工厂的爱悦和陶渊明对于田园的爱悦，毫没有不同的地方。”

乐华、大文都点头，目光重复注在那第二首译诗上。

“农村正在急速地破产，都市正在尽力地用了威逼与诱惑，把人吸到它的怀里去，我已是中年的人了，你们正年轻，一定要到都会去，在这大时代的旋涡中浮沉的。闲适的田园诗，将来在你们只是一种暂时消遣的东西，你们自己所急切需要的是工厂的诗或都市的诗啊。”

“中国现在有作这样的新诗的人吗？”大文问。

“似乎尚没有，不久总应有吧。没有的原因，由于会作诗的不到工厂去，在工厂里的不会做诗。这情形当然不会再长久继续下去。不过，即使有，一定和你们方才所读的俄国诗人的作品不同。俄国革命成功，工厂已是大众的工厂，所以诗人那样颂赞它，在别国，也许不能颂赞，反要代以悲苦愤激的情调吧。现在，我们不能有快悦的工厂诗，正和不能有闲适的田园诗一样。只好且看将来了。”枚叔说到这里，把眼光平分地注视了乐华与大文一歇[1]，似乎很有感慨。室内昏黄，快已到上灯时候。

乐华见父亲似乎已不愿再说什么了，就扯了大文默然退出外间。母亲留大文吃晚饭，大文说恐家里等他，匆匆地携着书包去了。

1　一歇：片刻。吴地方言。

九 文章病院

“好新鲜的标题！”汤慧修拿着一本书走进教室来，眼睛看着书页，长长的头发披在肩头。

“什么？”几个同学正在谈论什么事情，被她的这一句引起了注意，便同声问。

乐华认清她手里拿的是《中学生》杂志，欣喜地说：“是二月号吗？他们曾经登过广告，说二月号印成之后，在闸北的炮火中完全毁掉，须待重印，才可寄发。这是重印的版本了。”

几个同学便围拢去看汤慧修手中的杂志。汤慧修指着书页说：“你们看，《文章病院》，这标题多么新鲜！”

“是一篇什么性质的文字呢？”

“肺痨病院给人医肺痨病，外科病院给人医外科病，依此类推，文章病院该是给人医文章的毛病的。”

“我们平时作文，常常犯许多毛病。如果送到文章病院去医一医，再给先生看，一定可以得到甲等的品评了。”

“开头有‘规约’在这里，我们看呀。‘一、本院以维护并促进文章界的“公众卫生”为宗旨。二、根据上项宗旨，本院从出现于社会间之病患者中择尤[1]收容，加以诊治。’——文章界的‘公众卫生’，出现于社会间之病患者，看了这两句，可知我们的文字是不收的；要‘出现于社会间’的妨碍‘公众卫生’的文字才收。难道文字的毛病也有传染性的吗！”

“我想的确有的，”周锦华说。“文字登载在报纸上、杂志上，或者刊印在书本上，在社会间传播开去；一般人总以为这样的文字是了不起的，便有意或无意地仿效它。如果它本身有着毛病，仿效的人就倒霉，患传染病了。所以，我们编《抗日周刊》也得好好用一番心，至少要每一篇文字没有什么毛病才行。”在一年级的编辑股员里头，周锦华是最负责的一个。她不把凑满篇幅认为满意；她要周刊上的每一篇都有精义，都有力量，真能收到文字宣传的效果。她时时刻刻不忘记周刊，现在谈起文字的传染性，她又说到周刊上去了。

“不错。”几个同学点着头。

“写上《抗日周刊》，就是‘出现于社会间’的文字了，”胡复初又加以说明。他继续看文章病院的“规约”，说道：“这原来是替人家批改文字，同王先生给我们做的工作一样。王先生有时在我们的文稿上画一些符号，表明这地方有毛病，什么毛病要我们自己去想。这杂志上大概不只在有毛病的地

1　择尤：挑选突出的。

方画一些符号吧。”

“你不看见‘规约’上说明‘将诊治方案公布’吗？犯的什么病，要吃什么药，用什么方法医治才会好，把这些都说明白，才成一个‘诊治方案’呢。”

汤慧修说：“把杂志摊在桌子上大家看吧。”她把《中学生》杂志摊在自己的课桌上。七八个人便伛着身躯，头凑着头围着看。外面有脚踢着皮球的“蓬蓬”的声音，有鼓励赛跑者的热烈的呼喊；但在这里的几个人好像全没有听见，他们的心神正在另一个世界里活动。

“第一号病患者——《辞源续编说例》。《辞源续编》是大书馆里的大工作，‘一·二八’以前，报纸上登着大幅的出版广告；说例相当于序文，是编辑者的公开宣言，怎么会有了毛病，进了病院！”朱志青惊奇地说。

周乐华翻过几页，悄悄地说：“更奇怪了，《中国国民党第四届第一次中央执行委员全体会议宣言》也在这里，成为第二号病患者！”他看着张大文说：“去年我们一同看报，不是把它读过一遍的吗？”

张大文点头说：“当时读下去似乎也能够明白。不知道这篇文字到底有什么毛病。”

“还有第三号病患者吗？”胡复初抢着再翻过几页。

“啊！还有，《江苏省立中等学校校长劝告全省中等学校学生复课书》。”几个人像发现了宝物一般喊起来。

“这一篇应该进病院，”周锦华掠着额发说，“我当时从报纸上看过的，糊里糊涂，不晓得说些什么。我以为我的程度不够，看了一遍再看第二遍，把它仔细地划分段落，希望捉住各段落的要旨；但结果还是糊涂。罢课不足以抗日，大家复课吧，这是很简单干脆的一句话。那些校长先生偏要东拉西扯写上这么多的文字，真是可怪的事。我倒要看病院里的‘医生’怎样给它诊治呢。”

胡复初又抢着翻书页了。“看第四号病患者是谁。”翻了一下之后，他才知道没有第四号了，说道：“只有三号。”

“我们写的文字如果送到文章病院里去，恐怕是百病丛生、不堪诊治的了。”张大文凝想着说。

“我想也不至于，”汤慧修说。“王先生从来没有说过我们的文字绝对不通；他只对我们说那一句不妥当，那一节要修改。如果送到文章病院里去，我们的文字至多是一个寻常的病患者。”

“那末，”张大文说，“大书馆里编辑先生写作的文字，国民党中央执行委员全体会议通过的文字，江苏省立中等学校校长公拟的文字，怎么会病得这样厉害，烦劳病院里的‘医生’写了这么长的三篇诊治方案呢？”

“这要待看完了诊治方案才得明白，”汤慧修回答。

周锦华忽然想起了一个念头，她对大家说：“现在快要上课了，这密密地用小铅字排印的十八页文字，一会儿是看不究的。我们在这几天里做一回共同研究吧，研究的材料就是这个《文章病院》。”

“怎样研究呢？”

“我们要把这三号病患者所患的毛病归起类来，看它们的毛病大概是那几类。这于我们很有益处。‘规约’上边不是说着吗，‘知道如此如彼是病，即不如此不如彼是健康，是正常’。我们以后大家当心，不要犯那几类毛病；那末，写下来的一定是健康的、正常的文字了。”

“这很有意思！”汤慧修高兴得拍着手掌。“就是我们这几个人，在自修的时候来做这研究工夫。我们还可以把研究的结果报告给全班同学知道，还可以请王先生给我们批评。”

这当儿，上课的铃声响起来了。

三天之后，他们的研究工夫做完毕了；由朱志青把研究所得记录下来，并且告诉了王先生，说要报告给全班同学知道。

这一天王先生上国文课，讲完了一篇选文，时间还有余多，他就说：“有几位同学研究了最近一期《中学生》杂志的《文章病院》，要把研究的结果告诉大家，现在就听他们的报告。那《文章病院》我也看过了，比我平时给你们批改文稿来得详细，他们把它归纳一下，看文字的毛病大概有那几类，这对于写作的练习的确是有帮助的。”

王先生说罢，用右手示意，说：“谁到这里来报告？”他就坐在靠近黑板偏右的椅子上。

朱志青站起来，走到讲台上，把胸膛挺一挺，开口道：“最近一期《中学生》杂志增加《文章病院》一栏，想来诸位都看过了。我们几个人看出这一栏里提及的三号病患者虽然犯了不少的毛病，但归聚起来，毛病的种类也并不多。因此我们想这几类毛病必然是最容易犯的。写文字如果能够不犯这几类毛病，即使说不上名作，至少不用进《文章病院》了。现在让我逐类逐类提出来说。”

全堂同学都轻轻地舒着气，整顿精神，预备听朱志青的演讲。

朱志青从衣袋里取出几张稿纸来，却并不就看，又说道：“那三号病患者——那三篇文字都是文言文，而我们写的是语体文[1]；知道了文言文的毛病，对于写作语体文好像未必会有什么益处。其实不然。我们看出那三篇文字的毛病都是属于思想习惯和言语习惯上的；所以用文言写固然有病，如果用语体写，还是有同样的病。我们要知道思想习惯和言语习惯上通常有那一些病，那就文言的材料也于我们有用处。”

他说到这里，才看一看手里的稿纸，取粉笔在黑板上写了“用词用语不适当”几个字。

“这是一种毛病。该用这个词的，却用了那个词；该这

1　语体文：白话文。

样说的，却那样说了。那三号病患者差不多都犯这毛病。现在举几个例子来说。‘目的’，不是大家用惯了的名词吗？心意所要达到的境界叫作‘目的’。而第一号病患者却有‘不能不变更去取之目的’的话。编辑辞典，选用条目，那个条目要，那个条目不要，只有依据预定的‘标准’来决定；所以，说‘去取之目的’不适当，必须说‘去取之标准’才行。又如‘促进’，原是习用的一个动词。而第二号病患者说‘努力促进自治制度’。因为制度只能订定，实行，修改，或者撤废，可是无法促进，所以‘促进’这个动词用在这里就不适当。又如‘重新’这个副词，本该用在第二回做的动作上；读过书了，再读一回，叫作重新读书；游过山了，再游一回，叫作重新游山。第三号病患者劝学生复课，单说‘收拾精神，一律定期复课’，已经很觉不妥了，因为罢课为的是国难，原没有放散精神；而它又在‘收拾’上面加上‘重新’两字，好像学生已经把精神收拾过一回了，更属不适当之至。以上是用词不适当的例子。他如该说购买力薄弱，而说‘物力维艰’，该说整齐全国的步骤，而说‘整齐全国一致之步骤’，当时日本武力还只及于我国东北，而说‘东北烽烟弥漫全国’，都是用语不适当的例子。这种毛病的原因在于认识词、语的意义不确切；或者因为不曾仔细思量，只顾随笔乱写，便把不适当的词、语写了上去。”

“意义的缺略和累赘”，朱志青又在黑板上写了这几个字，说道："一句话里，意义没有说完足，就不成一句话。反过来，说得太噜苏[1]了，把不相干的东西都装了进去，也同样地不成一句话。这种毛病的原因在于不曾把意义想得周全，便提起笔来写；如果作者的言语习惯不良，平时惯说那些支离的累赘的话语，写起文字来也就会有这样的病象。试举几个例子。'当《辞源》出版时，公司当局拟即着手编纂专门辞典二十种，相辅而行'，在'相辅而行'上面，怎么少得了'与《辞源》'几个字？'际此内忧外患之时'成什么话？必须说'际此内忧外患交迫之时'才行呀。不说'以……音译表为标准'或'依……译音表'，而说'均依本馆所出外国人名地名译音表为标准'，这是累赘不通的话。不说'使国民参与政治'，而说'召集国民参与政治机关'，这也是累赘不通的话。像第三号病患者因为要说青年感情丰富，关心国事，先把老年人也知爱国来做陪衬；却说什么'明知行将就木，即使国亡，为奴称仆，亦无几时，然犹攘臂切齿，慷慨陈词，鼓其余勇，义无返顾'，仿佛把老年人讥讽了一顿，这更是累赘的无用的话了。"

朱志青停顿了一下，又说："一句话里，前后不相连贯，一串话里，彼此不相照应，这也是重大的毛病。如第一号病患者说：'此十余年中，世界之演进，政局之变革。在科学上

1　噜苏：啰唆。吴地方言。

名物上自有不少之新名词发生。’这只是一句话而已，然而前后不相连贯。正如文章病院的‘医生’所说，‘揣摩这里的语气，“世界”与“政局”对立，“科学”与“名物”对立，而以“科学”应“世界”，“名物”应“政局”。世界演进，科学研究益精，因新发明、新发现而产生新名辞；那是不错的。但是，“政局变革”与“名物”有什么关系呢？’没有关系而牵在一起，这句话就前后不相连贯了。又如第二号病患者说：‘“一致对外”为本党与全国人民共同之呼声。大会认为尚有急需注意者。国内生产日渐衰落。因生产衰落而……’这是一串的话。那前三句因为没有什么关系词把它们连起来，彼此便不相照应，好像是各各[1]独立的。又如第三号病患者开头说‘我国家民族苦东西帝国主义者之侵略压迫也久矣’，依理接下去应该说侵略压迫从什么时候起头，直到现在已历多少年，才可把怎样地‘久’说明，与第一句相照应。而第三号病患者不然，却说‘平时则经济侵略、文化侵略在在[2]足以制我之死命，有事则政治压迫、军事压迫无所不用其极，凡有血气，畴[3]能堪此’，好像把自己方才说的第一句话忘记了。这种毛病的原因大概在于思想不精密。犯得太多的时候，虽然说了一大

---

1 各各：各自。

2 在在：处处，各方面。

3 畴：通“谁”。

堆，写了一大篇，实际全是瞎说；不是叫听者、读者上当，便是叫听者、读者莫名其妙。真是危险的毛病！”

朱志青又把稿纸上的标题抄上黑板，一壁说：“这种毛病可以叫作‘意义不连贯，欠照应’。”

他把稿纸纳入衣袋里，继续说道：“我们摘录下来的例子还多，完全说出来，未免使诸位生厌，所以只说了一小部分。把许多例子归聚起来，就看出它们犯的不外刚才所说的三种毛病；用词、用语不适当；意义的缺略和累赘；意义不连贯，欠照应。再加仔细分析，毛病的种类当然还可增多。但是，我们想，这三种毛病该是最普遍的了。我们写作文字，如果能够避免这三种毛病，用词、用语处处适当，每一句话意义都完足，也并不累赘，而且一直到底，互相连贯，彼此照应：这样，我们的文字不就通顺了吗？”

下课的铃声催促他赶快做结束，他简括地说道：“我们以为要做到这地步，实在也并不困难，只须在思想习惯和言语习惯上留意。《文章病院》里的三号病患者的思想习惯和言语习惯太不好了，远不如我们，提起笔来又不肯先检点一下；所以犯了这许多毛病。我们从他们的失败上，正可以找到成功的路径。这是我们今天要把研究结果告诉诸位的本旨。”

朱志青说罢便走下讲台，回到自己的坐位上。

王先生站起来了，露出满意的脸色，说道：“志青他们的研究报告虽然简略，可是很扼要。《文章病院》里的三号病患者所患的毛病固然不尽属于这三类，然而多数属于这三类。就是一般不通的文字，你说它这里不通，那里不通，归纳起来，大致也离不了这三类毛病。志青结末说的话是不错的。一个人如果能在思想习惯和言语习惯上留意，写下文字来就不用进《文章病院》了。”

王先生又用慨叹的声调说：“那第三号病患者——《劝学生复课书》最要不得，思想习惯完全是‘八股’的。想不到民国二十年的中等教育界中还会出现这样的文字！它为什么要不得，下一次我要给你们仔细地讲一回呢。”

十 印象

离 H 市八里有一座山，并不很高，却多树木。因为没有别的名胜古迹，那座山就成为 H 市一般人游赏的目的地。到那边去可以步行；沿河的一条道路颇宽阔，而且是砖铺的，一路走去很安舒。也可以乘船去；那河道直到山脚下才转弯，所以一上岸就登山了。

这一天，沿河的道路上，乐华、大文在前，枚叔在后，在那里对着山走去。他们换穿了轻薄的夹衣，身体松爽，步履非常轻快。枚叔手里虽然拿一根手杖，却并不用来点地，只把它当作游行的符号而已。

可是枚叔这当儿的心情远不及他的步履那么轻快。失业像伤风病一样，一会儿就碰到了；什么时候才得同它分手，却难以预料。妻子的脸一天愁似一天，又加上时时续发的低低的一声叹气。叫她不要发愁、不要叹气吧，实在没有什么话可以安慰她；看她发愁、听她叹气吧，更把自己的心绪搅成一团乱丝。每天看报纸，又填满了令人生气的消息，敌人着着[1]进迫，当局假痴假呆，无非这一类。想到中国前途的苦难，就觉得个人的失业真是不成问题的微细事情。然而这只是理智的想头，实际上还是时时瞥见那黑色的影子——失业，感受到它的强烈的压迫。坐在家里气闷；正好是星期日，乐华、大文不到学校，就带他们出来游山，借此舒散一下。然而也并不见得有效果，四望景物，只觉怅然；"草长花繁非我春"，意识中渐渐来了这样的诗句。对上一句什么呢？他思忖着，就走得迟缓了。

乐华、大文平时难得离开市集。现在依傍着活活的发亮的河流，面对着一抹浓绿一抹嫩绿涂饰着的山容，路旁的柳枝拂着他们的顶头和肩背，各色的花把田野装成一副娇媚的笑脸；他们好像回复到了从前的乡村生活，彼此手牵着手，跳呀跳地走着；他们和枚叔的距离就渐渐地加长了。

"你看，那苍翠的山在那里走近来迎接我们了，"大文用欣快的调子说。

"我们走得更快一点，那山要更快地迎过来呢。"停了一停，乐华又说："山是不动的，是人走近山去，这谁不知道？然而我们此刻有这样的感觉，仿佛山在那里迎过来。这是很有趣的。"

大文指着河面说："那映在河里的是柳树的影子，谁不知

1　着着（zhāozhāo）：一步一步地，逐渐地。

道。然而我此刻有这样的感觉，头发细长的一个女子在那里照镜子。不也很有趣吗？”

“今天回去，我们要写一篇游记，”乐华突然说。

“各写一篇呢，还是合写一篇？”大文问。

乐华不回答大文的问，却继续说他自己的话：“我们不要平平板板记述走过那里，到达那里，看见什么，听见什么。我们要把今天得到的感觉写出来。感觉山在那里迎过来，就写山在那里迎过来；感觉河里的柳树影宛如镜子里的女子，就写河里的柳树影宛如镜子里的女子。这样写的游记，送给别人看，或者留给自己将来看，都比较有意义。”

大文跃跃欲试地说：“好，我们一定这样写。”他又说：“那么，当然各写一篇了。我的感觉和你的感觉未必相同，如果合写一篇，就要彼此迁就，这是不好的。”

“各写一篇好了。就请父亲给我们批评。”乐华说着，回头望枚叔，说：“我们走得太快了，父亲还在后头。等他一下吧。”

待枚叔走近，乐华、大文就让他介在中间，三个人缓缓并行，不很长的身影斜拖在砖路上。

乐华把他们要怎样写游记的意思告诉了枚叔。

枚叔说：“游记本来有两种写法。像你所说的，把走过那里，到达那里，看见什么，听见什么，平平板板地记下来，这是一法。依了自己的感觉，把接触到的景物从笔端表现出来，犹如用画笔作一幅画一般，这又是一法。前一法是通常的‘记叙’，后一法便叫作‘印象的描写’。”

大文说：“那末，我们刚才约定的写法就是‘印象的描写’了。什么叫作‘印象’呢？这个词儿时常碰见，可是我一直不知道它的确切的解释。”

枚叔说：“这原是心理学上的一个名词，解释也不止一个。最普通的解释，就是从外界事物受到的感觉形象，深印在我们脑里的。所以，你第一次遇见一个人，感觉到他状貌举止上的一些特点，这些特点就是他给你的印象；或者你来到群众聚集的大会场，感觉到群众的激昂情绪有如海潮的汹涌，有如火山的喷吐，那么‘海潮和火山一般’就是这群众大会给你的印象。”

“我说山在那里走近来迎接我们，这也是一个印象呀，”大文看着枚叔说。

“谁说不是呢？作文如果能把印象写出，就不仅是‘记叙’，而是‘描写’了。你们能说出‘记叙’和‘描写’的区别吗？”枚叔的两手同时轻叩乐华和大文的肩膀。

乐华接着回答：“我可以用比喻来分别它们。单就游记说，仅仅‘记叙’，结果犹如画一张路程图；如果能把印象写出，却同画一幅风景画一样，这就是‘描写’了。”

枚叔点头说：“不错，从这个比喻，就可以知道‘记叙’和‘描写’对于读者的影响很不相同。人家看了你的路程图，至多知道你到达过那里，看见过什么罢了。但是，人家看了你的风景画，就会感到你所感到的；不劳你解释，不用你说明，一切都从画面上直接感到。所以，‘描写’比较‘记叙’具有远胜的感染力。”

走了几步，枚叔又说：“从前我在学校里教课，一班学生作文，不懂得印象的描写，总是‘美丽呀’‘悲痛呀’‘有趣呀’‘可恨呀’接二连三地写着。我对他们说，这些词语写上一百回也是不相干的，因为它们都是空洞的形容，对于别人没有什么感染力。必须把怎样美丽、怎样悲痛、怎样有趣、怎样可恨用真实的印象描写出来，人家才会感到美丽、悲痛、有趣和可恨。他们依了我的话，相约少用‘美丽呀’……那些词语，注重随时随地观察，收得真实的印象，用作描写的材料。后来他们的文字就比较可观了。”

乐华忽然指着山的左边说道：“看了这条河在山脚下转过了弯那边的景色，就知道柳宗元观察的精密。”

河道在山脚下转弯向左，开始曲折起来。从较高的这边望去，一段是看得见的，反射着白光；忽地一曲，河身给田亩遮没了；但是再来一曲，便又亮亮地好像盛积着水银；这样六七曲，才没入迤长的一带树丛里。

“柳宗元的《小石潭记》不是有这样一句吗？”乐华继续说：“‘潭西南而望，斗折蛇行，明灭可见。’这‘明灭可见’四个字是多么真实的印象呀！我们现在要描写这条河那边的一段，似乎也只有‘明灭可见’四个字最为适切。”

枚叔对于乐华的解悟感到欣然，说道：“柳氏的山水记本是古来的名篇，他差不多纯用印象的描写。”

大文昂头四望，用歌唱的调子说：“‘天似穹庐，笼盖四野’，我觉得是很好的印象的描写。”

枚叔和乐华不觉也抬眼眺望。

平远的原野的尽处，明蓝的天幕一丝不皱地直垂下去。

枚叔沉吟了一会说：“这一句固然是很好的描写；可是在这一首《敕勒歌》里，末了一句尤其了不得。”

“‘风吹草低见牛羊，’”大文又歌唱起来。

“这是极端生动的一个印象。这七个字组合在一起，是比较图画更有效果的描写。北方的牧场我们没有到过。可是读了这一句，就仿佛身临北方的牧场。”枚叔把手杖挥动着说，“你们想，丛生的草，苍苍的天，单调的北方的原野，风没遮拦地刮过来，草一顺地弯着腰；于是牛呀羊呀显露了出来，一头头矗着角，摇着尾巴，奔跑的奔跑，吃草的吃草，这些景象，从这七个字上不是都可以想见吗？”

乐华、大文听了枚叔所说的，再来吟味“风吹草低见牛羊”七个字，一时便神往于北方的牧场，大家不说什么。

走了一程，大家微微出汗了。枚叔用手巾按了按前额，又说：“像柳子厚的山水记和刚才说的《敕勒歌》，好处都在捉得住印象，又能把印象描写出来。你们试作游记，预备用印象的描写，这是不错的。不过我们一路谈话，收受印象的机会未免减少了。”

大文说：“不要紧，我的游记预备从登山写起，现在还没有登山呢。”

乐华说：“我预备从出门写起，到登山游览为止。下山走原路回去，就不写了。我一定要把柳宗元描写河道曲折怎样精妙的话带写进去。”

枚叔称赞道：“你们这个主见也很有意思。像这样截取一段来着手，叫作‘部分的描写’。大概印象的描写同时须是部分的描写。如果要一无遗漏，从出门写到回家，就难免有若干部分是平平板板的记叙了。”

前面小港口跨着一座石桥，矮矮的石栏正好供行人憩坐。枚叔跨上石级，说：“快到山下了，我们在这里歇一歇，预备登山。”他就在石栏上坐下，把手杖搁在一旁。

乐华、大文坐在枚叔的对面，回身俯首，看小港汩汩地流入河里。

枚叔补充刚才的话道：“你们要记着……”

乐华、大文才面对着枚叔。

“也不限于游记；除了说明文字和议论文字，都可有两种写法，一是通常的记叙，一是印象的描写。你们刚才想起了描写风景的好例子，更能想起描写人物的好例子吗？”

“那是很容易从现代人的小说和小品文中去找的，”大文向乐华说。

“我想起了朱自清的《背影》了。”乐华高兴地站了起来。

“你说几处给我听听，”枚叔微笑着说。这当儿，他宛如在从前教授国文的课室中，心神凝集于彼此的讨究；他把满腔的牢愁[1]暂时忘记了。

1　牢愁：忧愁，忧郁。

十一 辞的认识

乐华端着两盏茶走出来，看见父亲与那位卢先生已经在靠西墙的茶儿两旁坐下了。

“卢先生，用茶。爸爸，用茶。”

卢先生燃着了雪茄，带着笑颜将乐华端相了一会，问道：“在中学堂里读书，还有几年毕业？”

“才一年级呢。初中毕业，要在后年。”乐华回答。

“初中毕了业进高中，高中毕了业进大学，大学毕了业出洋游学，”卢先生红润的圆脸耀着光彩，旁睨着枚叔说，“枚翁，你要好好儿给他下本钱呢。”

“那里谈得到这些，我想让他在初中毕了业也就算了。”

由于自家境况的困难以及对于教育现状的不满，枚叔是有一大篇的议论可以发挥，主张即使不在初中毕业也没有什么关系的；可是这未免使这位热心的客人扫兴，所以给他个并不趋于极端的回答。

“初中毕业不行的，”卢先生把雪茄摘在手里，“现在更不比前十几年了，要赚钱非出洋游学不可。我有一个朋友，他的儿子到德国游学，去年回来，就在上海西门子洋行当买办。七百块钱一个月，出进是汽车，真写意呢。”

枚叔苦笑着说：

“可惜我没有这一大笔本钱。”

乐华对于这位客人所说的话不感得亲切有味，便自去在沿窗的桌子旁坐了，取一本《生理卫生学教本》在手，低头温习。

卢先生似乎方才想起了本钱不是个个人预备着在袋里的，不觉爽然，说道：

“话倒是真的，没有本钱，读书就不容易读上去。——请问枚翁，近来有什么地方说起，要相烦枚翁帮忙的吗？”轻轻的，是很关切的声调。

“没有。”枚叔简单地说。

“枚翁当过多年的教员，在各处学堂里一定很有交情吧。”言外的意思是生路并不见得断绝，幸勿多所忧虑。

“现在还不到暑假，学校里当然没有什么更动。再说当教师虽是一只破碎的饭碗，但捧着这只破碎的饭碗总比两手空空好，我又何忍夺了人家的捧在自己手里。”

这不是真个生路断绝了吗？卢先生今天来访问，本希望得到一点好消息，或者枚叔已经有了事情了，或者有什么人正在给枚叔介绍。而现在枚叔这样说，什么时候才能够得到一个职业实在难以预料，想给他安慰也无从说起，只得蹙着眉说：

“早知道我们的银行今春就要收场，就不拉枚翁来帮忙了。对于这件事，我十二分抱歉！”

卢先生说罢，又把雪茄衔在嘴里；刚才燃着的火已经灭了，便划一根火柴再把它燃着。

“那有什么抱歉的！”枚叔以书生的襟怀，又加上对于世事的认识，知道自己直同海滩旁的小草一样，经浪潮的冲激，便会被送到不知什么地方去的。即使去年不进银行任事，今年此刻一定仍在学校里教课吗，那是没有准儿的。

“况且，你们股东是亏蚀了资本，比起我来，损失大得多了。”枚叔又用这样的话来抵消卢先生抱歉的心思。

“我倒还好，损失不算大。两个月来不到银行办事，又觉得很解放。”

枚叔听到这里仿佛觉得不大顺耳，想了一想，方才领会；眼光偶尔投到沿窗乐华那边，只见乐华正把疑问的眼光看着那红润的圆脸。

“这里地方小，干不出什么事业来。再要开银行决不在这里开了，有机会就得在上海开。不过一个人解放久了也不好。天天打牌有什么意思，总得找一点事情来做。因此，我想办一点社会主义。”

这个话使枚叔愕然了。这位有点小能干的银行家，难道同一般青年一样，受着时代思潮的激荡，知道资本主义已经到了“临命终时”，从资本主义这个腐烂体里成长起来的将是社会主义吗？但是，社会主义怎样“办”呢？“办”社会主义的人为什么又说有机会又得在上海开银行呢？

乐华也同样地感得奇怪。“社会主义”，在杂志和报纸上，在同学间的谈话中，是常常被提及的一个名词，看着、听着、说着都没有什么奇怪；唯独由这位四十光景的、商人风的卢先生吐出来，却异样地不相称，有如矮人穿着长衣服，小孩戴着大帽子。他的社会主义是什么东西呢？这样的问语咽住在乐华的喉咙口。

卢先生吸了两口雪茄，圆撮着嘴唇呼出了烟缕，继续说道：

“天气热起来了，时疫急痧是难免的事。我预备开两个施诊所，中医西医都有，任病家爱请谁医就请谁医。现在医生都请定了，只地点不曾弄停当，故而还不能贴广告。”

原来如此。乐华咽住在喉咙口的问语有了回答了，不免要笑。但是，真个笑了出来不是很糟吗？乐华只得吻合着上下唇、移过眼光去看父亲。却见父亲正在端相茶几的一角，仿佛那里有什么好玩的花纹似的。歇了一会，听父亲说道：

“我想两个施诊所应该距离得远一点。一个在南城，一个在北城，对于病家才见得方便。”

卢先生去后，乐华问枚叔道：

“刚才卢先生说的‘解放’做什么意思用的？”

“他说‘解放’，其实是‘自在’‘闲散’的意思。做一点公益事业，他却叫作‘办一点社会主义’。他们商界里，这样说话的人很多：不把‘词’的意义辨认清楚，就胡乱使用起来。这使旁人听了觉得好笑，有时竟弄不明白他们说的什么。”

“岂止商界，便是学界和政界，也有犯着这样的毛病的。《文章病院》里的几个病患者，不就是吗？”

枚叔点点头，接着说：

“市场上有‘卫生衫’‘卫生毛巾’，又有‘卫生酱油’‘卫生豆腐干’；什么东西都加得上‘卫生’，实则把‘卫生’这个词的意义完全丢掉了。又如两个人剖分一件东西，就说，‘我们来共产主义’；‘共产主义’这个词到底是什么意义，他们却并不去查考。这样的例子很多，如果随时留心，不怕费工夫，把它们记录下来，倒是有益的事；至少不会跟着人家胡乱用辞了。”

“我想，能够时常翻查《辞源》，也就不至于胡乱用词。”乐华的小小的书柜里有着《辞源》，他预习功课时常常请教着它。

枚叔沉吟了一下，说：

“《辞源》里只收一些通常习用的词。专靠着它，有的时候是不济事的。我国现在已出有好些专科的辞书，如关于动物、植物的，关于哲学、教育的。那些辞书也要时常翻查，才能把所有的词认识得真切、运用得正确。这样，自不致使旁人好笑，更不致使旁人弄不明白了。”

“那些辞书，我们学校的图书室里都有的。”

“你能够使用那些辞书吗？”

“我因为预备功课，曾经取《植物学大辞典》来翻查过几回；那是很容易翻查的，编排的方法同《辞源》相仿佛的。”

“不错，新出的辞书，差不多都像《辞源》那样编排的。可是，你还得懂得我国旧有的‘类书’的翻查方法，因为有的时候你或许要翻查类书——刚才我漏说了。”

这一个词在乐华是生疏的，他就问道：

“什么叫作类书？我好像从来不曾听见过。”

“类书是和现在所谓辞书同性质的东西。《辞源》里大概有‘类书’这一条的，你可以自己去翻来看。”

乐华便到自己的小书房里去，把《辞源》取了来，翻了一会，高兴地说道：

“在这里了！果然有这一条的。”

他凑近父亲，和父亲一同看如下的语句：

采辑群书，或以类分，或以字分，便寻检之用者，称为类书。以类分之类书有二：甲兼收各类，如《艺文类聚》《太平御览》等；乙专收一类，如《小名录》《职官分记》等。以字分之类书有二：甲齐句尾之字，如《韵海镜源》《佩文韵府》等；乙齐句首之字，如《骈字类编》是。

枚叔抬起头来，看着乐华的沉思的脸说：

“看了这几句，恐怕你还是不很明白，须得解释一下。”

乐华点头。

“这里所谓类是事类；如关于天文的事实、典故是一类，关于地理的事实、典故又是一类。这里所谓字是习用的、有来历的一组字；如徘徊、彷徨、十二阑干、九曲回肠，等等。从前人编辑类书，最大的目的在备写作时的采用。以类分的类书供给事实、典故，你要用那一类的材料就到那一类里去寻；以字分的类书供给辞藻，你造句要换点花样，作诗要勉强押韵，它就给你许多帮助。写作而要请教类书，可见其人中无所有。那又何必写作呢？不必写作而硬要写作，至于有许多类书出来供应需要，那是古来偏重文章的缘故，且不去说它。现在我要告诉你的是：如果像使用辞书那样使用，那末类书对于我们也是有用的。”

枚叔舒了一舒气，接着说道：

“类书的编排方法，大半看了书名就可以知道。凡有一个‘类’字的，便是以类分的类书。某一部类书共分多少门类，一看目录便能了然。凡有一个‘韵’字的，便是以字分而齐句尾之字的类书。那是按照诗韵编排的；不管什么事类，却将末一个字同韵的许多词归在一起。譬如‘徘徊’与‘黄梅’，就事类说是全不相干的；但‘徊’字与‘梅’字同韵，所以归在一起。如果熟悉诗韵，能够辨别一个字属于某声某韵，翻查这一类类书是很便当的。像你，平上去入四声也许辨得清；而一个字属于诗韵里的什么韵，那是不熟悉的。这不必定要去熟悉他，一翻《辞源》也就知道了。你看，《辞源》每一个字下，不是注着什么韵吗？”

乐华向来不曾注意到这一点，他听父亲这样说，随手翻开《辞源》的上册，眼光射到一个“他”字，下面注着“托阿切，歌韵”，眼光又移到同页的“仕”字，下面注着“事矣切，纸韵”。他惭愧地说：

“以前我为什么没有留心！”

“再说以字分而齐句首之字的类书，如《骈字类编》，那是与《辞源》有相同之处的，也是将许多辞凡开头的字相同的都归在一起。不过《辞源》的编排是依照第一个字所属的部首和笔画的多少的，《骈字类编》却分为事类，某个词的第一个字属于那一类，就到那一类里去翻查。”

枚叔说到这里，因为自己有好些书寄存在乡下，类书之类都不曾搬来，颇感受不能执卷指示的不方便，他搔着头皮说：

“你不妨到学校的图书室里去，见有什么类书，就看它的编排体例。这样，到用得着它的时候，就可以翻查了。”

他忽又想到了刚才卢先生的用辞不切当的话语，感慨地说道：

“一个人不能认识各个词的确切意义，又懒得动手去翻查，那是常常会闹笑话的。从前有一个人和外国文人通信，自己起了个稿子，托一个通英文的人替他翻译。那稿子里有‘驰骋文坛’一句，你道那个通英文的人翻译作什么？”

“‘驰骋文坛’，不是说受信人在文坛上很有成就和声名吗？”乐华以为这是并不难懂的。

“照你说的翻译，也就不闹笑话了，”枚叔笑着说，“那个通英文的人却并不这样解释。他知道‘驰骋’是马奔跑。他又想‘文坛’大概是文字汇聚的地方，再推想开去，便断定是书堆。于是他所翻译的英文句子，就成为‘马在书堆里跑来跑去’的意思！”

“哈哈，”乐华禁不住大笑了。

“还有一个笑话，”枚叔忍住了笑说。“有一个姓贺的，写得一手好颜字[1]，可是笔下不很通顺，知识也有限。一天，他送人家一轴祭幛，提起笔来写了‘瑶池返驾’四个大字。”

乐华听了茫然，用疑问的眼光望着父亲。

枚叔将手指在桌面上，画着那四个字，说道：

“就是这样的‘瑶池返驾’。”

乐华看了，记得这四个字曾经在丧事人家看见过的，可是不明白什么意思。

“旁人看他写了这四个字，对他说写错了。他说没有错，祭幛上常常用的。旁人就告诉他瑶池是西王母所居的宫阙，

1　颜字：即颜体字，唐代书法家颜真卿所创的一种字体。

死了回到瑶池去，是专指女人说的；而现在那人家死的是男人，不是写错了吗？他方才明白，只好红着脸把‘瑶池返驾’四个字撕了。”

“这四个字，爸爸若不讲明白，我也不知道什么意思。”

“不知道就得询问，就得翻查。这样成为习惯，然后读书不致含糊，不致误解；说话、作文不致词不达意，不致‘指鹿为马’。”

“刚才卢先生的‘社会主义’，如果传说开去，也是一个很大的笑话呢。”乐华听父亲讲笑话，引起了深长的兴味。

枚叔却又想到了别的方面去，怅然望着窗外浓绿的柳叶，自言自语道：

“他对我关切，特地来看我，是可以感激的。”

十二 戏剧

“啊，你这里有这许多的戏剧书！”胡复初两手支在桌沿，额上渗出汗滴，他刚从八十多度[1]的阳光中跑来。

“是哥哥理出来给我的，”周锦华说，一壁掠着鬓发，使顺向耳壳后面去。“哥哥听见我们要编戏剧，就说各种戏剧的体裁应该知道一点，古时的，现代的，外国的，都约略地看一下吧。其实我们编抗日的戏剧，那里会像这几部书一样填起曲子来，即使我们能够填，也决不干的。”

先到的朱志青和周乐华各拿着一部线装书站在那里看，锦华说时，指着他们俩手里的书。

“是什么书？”复初用手巾拭着额上的汗，走近志青身旁。志青不回答说什么书，却抑扬顿挫地吟唱道：“‘你记得跨青溪半里桥？旧红板没一条。秋水长天人过少。冷清清的落照，

1　八十多度：这里用的温度单位是华氏度。八十华氏度约等于二十六摄氏度，九十华氏度约等于三十二摄氏度。

剩一树柳弯腰。'"

"这是王先生前个星期讲过的《桃花扇·余韵》一出里的曲子呀。"

"这就是整部的《桃花扇》，"志青把手里的书扬一扬说，"我要向锦华借回去看呢。"

"你这一部又是什么？"复初转过身来问乐华。

"叫作《长生殿》。我翻了一下，约略知道是讲唐明皇和杨贵妃的事情的。"

坐在窗前的张大文将眼光从手里的书面离开，说道：

"我从那一大部的《元曲选》里抽了一本，可巧这一本戏也是唐明皇的故事，叫作《唐明皇秋夜梧桐雨》。"

锦华顾盼着志青和乐华说：

"这两本戏曲虽然同样是唐明皇的故事，可是出世的年代迟早不同。《唐明皇秋夜梧桐雨》是元朝人的作品，《长生殿》是清朝一个姓洪的做的。

"哥哥还告诉我说，"锦华有这样的脾气，把同学看得同姊妹兄弟一样，知道了一点什么总要让他们都知道，"元朝人的戏曲同《桃花扇》一类的'传奇'，体式上是有点儿不同的。一本传奇演一个故事，不限定多少出数，故事繁复的长到四五十出。元朝人的戏曲称为'杂剧'，却大抵是四出。"

志青和乐华在一张双人藤椅上坐下，各把手里的书放在膝上，预备细听锦华所讲的。复初虽已休息了一会，还是觉得热，就拿自己的草帽当作扇子，不停地扇着。

锦华也取一柄葵扇在手，不经意地摇着，说道：

“这几天晚上，我把《元曲选》和几部传奇大略翻看，又翻看了那部专门收集京戏脚本的《戏考》。”她说着，用葵扇指那书桌上一叠小开本的书册。

“专门收集京戏脚本的？”志青家里有着一具留声机，所有的唱片大半是京戏，现在听锦华这么说，“我本是，卧龙冈，散淡的人”“小东人，闯下了，滔天大祸”，这一类的腔调便在他的心头摇曳起来。

“不错，《戏考》那部书是专门收集京戏脚本的，《斩黄袍》《空城计》《钓金龟》那些戏都有在里头，很丰富的。我翻看了那些杂剧、传奇和京戏，发现它们有共同的两点，是和我们在学校里表演的戏剧不相同的。我们在学校里表演的戏剧，总是几个人在那里对话，在他们的对话里，把故事的前因烘托出来，让看戏的人明白。一个人独白的时候是很少的，即使有，也大都是简短的惊叹语之类。至于一个人来到戏台上，告诉看戏的人他是戏中的某某人，他的境况怎样，他的品性怎样，眼前他遇到了一件什么事情，那是绝对没有的。”

“是的，”志青接着说。“在京戏里，这却是必不可少的节目。一出戏开场，每一个角色走上戏台，第一件事情就是向看戏的人报告他姓甚名谁，何方人氏，这么一套。”

“杂剧和传奇也都是这个样子，”锦华望着志青说。“并且，岂止在一出戏开场的时候。剧中人在那里想心思了，就把所想的一切唱出来或者说出来；在那里做一种动作了，又把所做的动作唱出来或者说出来；至于回叙故事的前因，更照例是一段独唱或者独白。所以我说，那些戏剧差不多是记叙文。记叙文把人的思想、行动和话语叙在一篇里，那些戏剧呢，把剧中人的思想、行动和话语统叫演员唱出来、说出来，不是差不多吗？”

乐华听了，颇有会心，带笑说：

“这等办法，在情理上原是讲不通的。一个人想去访问张三，旁边并没有别个人，他自言自语道：‘我要去访问张三，就此拔脚前往，’这不是痴汉吗？然而戏剧里不这么办，难以使看戏的人明白剧中人在那里做什么；就只好这么办了。”

锦华接上说：

“但是，编剧的时候避去这等情节是可以的。把要使看戏的人知道的情节编排在对话里，像我们所表演的戏剧一样，也未尝不可以。原来旧时的戏剧和现在的戏剧，在体裁上自有不同。从杂剧到京戏，那是一贯地使用着记叙文似的体裁的。这是我所发现的一点。还有一点呢？”

锦华坐到大文左旁的一只藤椅上。大文颇感兴味地看着她的娇红的脸，仿效她的声调说道：

“还有一点呢？”

“从杂剧到京戏，一出戏里往往不止一个场面。开头是一个人在路上，继而是几个人在屋子里，一会儿又是几个人在湖上的船中了；而且三个场面的时间不一定连续，也许一场是上午，一场是下午，也许一场是昨天，一场是今天。这样的例子很多；只须演员下一回场又上场，或者就在台上绕一个圈子，场面便变换了，路上变为屋子里，屋子里又变为湖上的船中了。这种体裁是和我们所表演的戏剧不同的。我们所表演的戏剧，一幕只有一个场面，路上就始终是路上，屋子里就始终屋子里；而且从开幕到闭幕，时间是一直延续下去，绝不切去一段的。”

志青翻弄着书页在那里做遐想，至此，他点头说：

“你说的不错，我们所表演的戏剧和我国旧时的戏剧，体裁上是绝不相同的。”

“我们所用的体裁是从西洋的戏剧来的。”锦华指着书桌说：“那一叠是西洋戏剧的译本，我曾经看了一本《易卜生集》，一本《华伦夫人之职业》，体裁都是这样的。”

复初的额上不再出汗了，他坐在大文的右旁，用提示的声调说：

“我们要编戏剧，当然用我们用惯的体裁。锦华，你少讲点你的发现吧，今天我们商量编戏要紧。再过两星期，就要表演了，剧本还没有，怎么行！”

志青接着说：

“题材是选定的了，‘一·二八’战役。我们现在先要考虑一下，有几个场面是必需的。然后可以确定编多少幕，然后可以确定每一幕的内容。”

“我曾经想过了，”乐华举一举手说。“‘一·二八’战役经历几十天的时间，事情是千头万绪，要全部搬上戏台去表演，是万万不可能的。我们只能从这几十天中截取几小段的时间，在这几小段的时间里发生的事情足以表示各方面的紧张空气的，拿来编成几幕戏剧。”

复初蓦地站起来，激昂地说：

“我想‘一·二八’那夜的事情总得编成一幕。兵士的愤激的心情，各色居民的不同的心理，日本军队的骄横而不中用的情形，都可以在这一幕里表现出来。场面是闸北的宝山路。你们说好不好？”

“好，这一幕非有不可，”乐华击掌说。

“让我把它记起来，”锦华改坐到书桌前，从抽屉里取出铅笔和白纸，一壁写着，一壁说。“时间：‘一·二八’夜。地点：闸北宝山路。内容：士兵的愤激的心情，各色居民的不同的心理，日本军队的骄横而不中用的情形。这该是第一幕。第二幕呢？”

“我想江湾、吴淞一带的战争也得表演一下。”大文走到锦华的背后，看着她的记录说。

志青点头说：

“好的。我们就规定第二幕的地点是江湾的战场。士兵都伏在战壕里。他们怎样勇敢地作战，农民怎样和他们联成一气，各界怎样送食品运东西接济他们，以及日本的飞机、大炮怎样酷毒地压迫他们的阵地，都可以在这一幕里表现出来。”

锦华记录完毕。回转身来说：

“我想第三幕应该是‘一·二八’战役的收场——我国军队撤退到第二道防线了。”

“这样丧气的事情，还是不要编进去的好，”复初的眉头皱了起来。

“为什么不要编进去呢?”锦华立刻说。“这是事实呀。况且，我们这方面的阵地虽然毁坏到差不多不可收拾，士兵的心理却并不愿意撤退；这在报纸上有记载的。这一点应该把它表现出来。还有，什么人要他们撤退，什么人希望战事早一点收场，也该是这一幕的内容。”

“我赞成锦华的意见，”志青举起手臂，仿佛一个乐于回答教师的问题的小学生。

复初向锦华挥手示意道：

“经你这样说明，我当然也赞成有这一幕了。你记录起来吧。”

锦华便又在纸上写她的细小的字，说道：

“那么，这一幕的地点仍旧是战场了。”

“仍旧是战场，”志青接应说，“有三幕也就够了。乐华所说的各方面的紧张空气，差不多已经表现出来了。”

“的确够了。”乐华沉思了一会，又说：

“我们这戏剧和别的戏剧不同，不需要一两个主人翁作为活动的中心。我们这戏剧里，每一个登场人物都是重要的。我正在这里想，第一幕开幕的时候，有三四个兵守在铁丝网和沙袋旁边，他们的对话要极有力量，足以吸住观众的注意。”

“我们一同来想吧。”

室内顿时沉寂起来。急迫的蝉声在窗外噪着。

十三 触发

六星期的暑假已过了三分之一，乐华在家里真是寂寞得很。父亲由朋友介绍，应四川 ×× 中学之聘，一则因为路程遥远，二则因为失业已久，家居不免厌腻，一经接到聘书与旅费，就于当地第一中学放假开始时，启程到四川去了。家里除乐华外，只有母亲及小妹，学友们住在本地的原不多，都已各回乡里。唯一的亲友大文呢，放假后只来过两次，每次都和周锦华同来，稍坐即走。乐华有一天曾到他家里去找他，想和他谈谈，却未曾找到。据他母亲说，是和周锦华一淘[1]出去的。

乐华除每日帮母亲料理家事外，只用书册消遣，拿了书躺在藤椅上看，往往不久就睡去，不由自主地让书从手中溜到地上。炫目的阳光，聒耳的蝉声，愈使乐华感到长日如年，

1　一淘：一起。吴地方言。

倦怠难耐。

有一日，午饭方毕，乐华才帮母亲收拾好了厨下，正在廊檐下的藤椅坐下身来，拿起父亲临行前检给他的一部《西游记》想读，听到邮差在门口喊“有信”。接来看时，是父亲从汉口寄来的家书。乐华拆开信来读给母亲听，其中有几张信笺是专写给乐华的，上面写着这样的话，有许多地方密密地加着点：

> 你大概在以书册消磨着长日如年的光阴吧。你爱好读书，努力学文，当然不能算坏。可是读书与作文实在是两件事，应当分别看待。普通人都以为读书就是学作文，作文须从书上去学习，这实在是大错特错的见解。书籍原用文字写成，但不应只当文字来读，读书的目的，重在收得其内容意趣，否则只是文字的游戏而已。作文的材料，到处都是，并非仅在书中，专从书上去学文字，即使学得好，也只是些陈言老套，有什么用处呢？我劝你勿只把文字当文字读，勿只从文字上去学文字。
>
> 读书贵有新得，作文贵有新味。最重要的是触发的功夫。所谓触发，就是由一件事感悟到其他的事。你读书时对于书中某一句话，觉到与平日所读过的书中某处有关系，是触发；觉到与自己的生活有交涉，

得到一种印证，是触发，觉到可以作为将来某种理论说明的例子，是触发。这是就读书说的。对于目前你所经验着的事物，发现旁的意思，这也是触发，这种触发就是作文的好材料。举例来说吧。我书房中有一副对子，下联不是“竹解虚心是我师”吗？这一句原是成语（不知作者为谁），作者着眼于竹的中空，觉到和人的虚心相似，可以效法。故就造出了这样有新味的句子。触发要是自己的新鲜的才好，用月的圆缺来比喻人事的盛衰，用逝水来比喻年华难再，用夕阳来比喻老年，诸如此类的话在最初说出来的人原是一种好触发，说来很有新味，我们如果袭用，就等于一味说人家说过的话，自己不说什么了。

触发真是要紧的功夫，我早就想把这话告诉你，可是却没有碰到相当的机会。这次我动身时，你要求我检书给你读，还要求我过上海时替你买些可看的书。我在上海经过，虽也曾想买几本相当的书籍寄给你，一则因为我已把旅费的一部分分给你母亲留作家用了，携带的钱不多，二则因为我觉得你只管把书呆读，也没有意义，所以未曾替你买任何的新书。我已给你选定了好几部的书了，你可拣喜欢的取来重读，读出些新的意味来。书是用文字写成的，我还希望你于有字的书以外，更留心去读读没有字的书。在你眼前森罗万象的事物上获得新的触发。

乐华把信热心地读，读至最后一行附笔“此信可拿去给大文一看”时，不觉自语道：

“大文近来忙得很，那里还有心思管这些啊。”

父亲去后，乐华在寂寞的生活中日日期望有新书从上海寄到，将借了新书一振日来的无聊与倦怠。自得了父亲的这封信以后，态度为之一变，觉得读过的书重读起来比新书更有味，眼前的一切东西都含藏着多方面的内容，待他去发掘。倦怠无聊之感消灭净尽，他好像换了一个人，换了一个世界了。什么都新鲜，什么都有意义。他从蝉声悟到抑扬的韵律，从日影悟到明暗的对照，从雷阵雨感到暴力的难以持久，从雨后的清凉悟到革命的功用，从盆栽的裁剪悟到文字繁简的布置，从影戏的场面悟到叙事文的结构，从照片悟到记事文的法式。

乐华把小小的手册放在衣袋里，心里一有所得，随时就写在手册上。不多几日，就写了许多页了。其中有几条只是零星的一二句话，有几条俨然就是小品文。

有一天下午，大文、周锦华、朱志青、汤慧修，大家到乐华家里来。志青问乐华：

“你为什么不出来走走？一个人在家里不寂寞吗？”

“因为没有俦伴[1]啊，像你们……”乐华说到这里，觉得不好意思说下去，即改说道：“你们来得正好，我给你们看一样东西。——大文，父亲写了一封信给我，说叫你也看看呢。”

乐华说着从抽屉里取出信来递给大文，一壁看锦华、慧修，似乎她们还不曾感觉着什么，这才安了心。

“我们也可以看吗？”锦华问。

“当然可以。”乐华说。

志青走近大文身旁共看那封信。每读完了一页就传给锦华、慧修共看。

“看了这封信，可以说‘胜读十年书’呢！乐华，你有这样的父亲，真幸福啊！”锦华看完了信说。

“可见我们平日读书作文都还没有得到好方法。王先生前几日曾提及枚叔先生，说是他所佩服的一个。这封信我想应该给别的同学也看看。同班之中读死书的人多着哩。我想，最好在将来演讲练习的班上，把这作为材料，由那一个去讲述一番。乐华，就请你去讲吧。”志青说。

“也好，其实什么人去讲都可以。”乐华说。

“那末，你这几天想必已在依照你父亲信上的方法实行了。成绩一定很好吧？”慧修问乐华。

“试行呢在试行，可是自己难得满意，父亲说‘触发要是

1　俦（chóu）伴：同伴。

自己的新鲜的才好’。我所触发到的意思，一时觉得很新鲜，后来看到别的书，知道前人已有过这样的话，于是就兴趣索然了。我曾把这几天所想到的意思，随时写在手册上，预备从其中录一二条寄给父亲看看，请你们给我选择一下，看那几条比较有意义。”乐华从衣袋中取出手册来交与慧修。

慧修把手册翻开来与锦华同看，志青、大文立在她们背后张望。手册里有几条是用铅笔写的，有几条是用墨笔写的。大概是因为自己不满意的缘故吧，其中有十分之三四已用 × 记或直线取消，可是字迹还看得清楚。

“这条好！”锦华读到“领袖”一条，不禁赞赏着说。那是这样的几句话：

> 把衣服穿在身上，最污浊的是领和袖。因为污浊的缘故，洗涤时特别吃亏，每件衣服先破损的大概是领袖部分。
>
> 领袖是容易染污浊的，容易遭破损的。衣服的领袖如此，社会上的所谓领袖何尝不如此！

“这条值得抄了寄给你爸爸看。我知道，你近来是自己洗衣服的，这几句话大概是在洗衣服的时候触到的吧？”大文对乐华说。

“是的——你们以为这条还可以吗？我觉得不及后面‘鸡

叫’一条呢。那是前天晚上我睡不着，在枕上听见鸡叫的时候想到的，——在这里。”乐华从慧修手里取过手册来翻寻给大家看。那是很简短的几句话。

鸡是光明的报道者，它第一次喔喔开声却在夜半，正是世间最黑暗的时候。我听了这夜半的鸡声，不禁想到革命者的呼号。

大家看了都点头表示赞许。

“我出世以来，不知已曾听到多少次的夜半鸡声了，为什么竟听不出别的意义来？我的头脑真是太简单了！”慧修把手册合拢了感叹地说。

“这有什么可叹的。我以前也是这样。现在已得了门路了，人家在这上边用些功夫吧。”乐华安慰慧修说。志青、锦华、大文都点头。

临走的时候，志青提议日内大家同去访王先生。据说，王先生暑假未回乡里，在城外山上法华寺里住着，志青前几日曾去过一次，那里地方很清凉呢。

乐华送四位客人至门口，与他们约定了访王先生的日期及集合的地点而别。大文与锦华向东走，志青与慧修向西走，各就归途。两位女友的绸阳伞在夕阳中分外闪耀乐华的双眼。

乐华立在自己门首，好几次地把头回旋，目送这两对小情人远去，忽然从衣袋中取出手册，俯了头不知又在写记些什么了。

十四 书声

到了访王先生的那一天，乐华天明就出门，先到朱志青家里，待大文、锦华、慧修陆续到了，才一同出发。因为预备在山寺作一日的清游，志青曾买好了几种罐头食物，交大家分携了走。

那座山离H市不远，乐华在春间曾和大文随了父亲去过，只要走尽街市就可望见。乐华、大文、志青并着在前，锦华、慧修张了阳伞在后，且走且谈。早稻已有一半在收割了，这里那里都有农民在割稻打稻。稻穗重甸甸地垂着，年成似乎很好，可是一路却不曾见到一个有笑容的农民。

“我们该怎样惭愧啊！”志青见路旁有一个农民在割稻，那身上的一件蓝布衫差不多已要被汗湿透了，不禁感激了这样说。

乐华、大文默然不响。大家都把脚步改快了前进。三人到了山麓树林下，回头看锦华、慧修和他们相差已有半里路，这才停下来休息着等待。王先生所寄住的法华寺已在浓绿的树丛中红红地现出一角了。

一同走进山门以后，远远地就听到琅琅的诵读声。

“和尚在诵经呢。”慧修说。

“这声音不像和尚诵经。”锦华一壁走一壁侧耳审别，“好像是王先生的声音。”

“正是王先生的声音，原来王先生在读书哩！”志青说。

走过了大殿，那声音愈明白，确是王先生的书声。大家打量书声起处知在东厢楼上，也不询问寺僧，一找就把王先生所住的房间找着了。

王先生正捧了一本书高声读着，见乐华等五人来了，即把书放下含笑接待他们。

“你们来得很好！五个人吗？这里非常凉爽，玩到旁晚[1]回去吧。”

五人向王先生略作招呼，大家走近案旁，去看王先生放下的那本书。他们以为王先生方才读得那么起劲，一定是非常了不得的书了。不料翻开在案头的不是别的，原来就是一年来王先生在他们一年级所授的选文订本。每行文字之旁，用朱笔加着许多式样的符号，有“△”，有“▽”，有“•”，有“>”，有“<”，有“<>”，有“—”，有“——”，有“~~~”。这些符号，和普通的标点截然不同，五人看了莫名其妙，不禁面面相觑

1　旁晚：即傍晚。

地露出怪异的神情来。

“我们一入寺门就听见先生在高声朗读，原来读的就是这几篇在我们班上教过的文字。不瞒先生说，这几篇文字，我们做学生的已经不读了，不料先生还在读呢。”志青熬不住了，这样说。

其余四人都把眼睛对着王先生，期望王先生快些开口。

“是的，我在读这几篇教过你们的文字。一年以来我对于文字的解释及玩味方面自信已尽了力，做到八九分的地步了。在读的一方面，却未曾费过气力。下学期我想叫你们加做些读的功夫，所以在这里先自预备。读，原是很重要的，从前的人读书，大都不习文法，不重解释，只知在读上用死功夫。他们朝夕诵读，读到后来，文字也自然通顺了，文义也自然了解了。一个人的通与不通，往往不必去看他所作的文字，只须听他读文字的腔调，就可知道。近来学生们大家虽说在学校里‘读书’或‘念书’，其实读和念的时候很少，一般学生只做到一个‘看’字而已。我以为别的功课且不管，如国文、英文等科是语言学科，不该只用眼与心，须于眼与心以外，加用口及耳才好。读，就是心、眼、口、耳并用的一种学习方法。读的文字须择意义内容已明白的，所以我想从上年讲授过的文字中选取若干篇为将来叫你们诵读的材料。下学年预备在原有的讲演会以外再设一个朗读会哩。你们觉得怎样？”

王先生用了征求学生同意的态度，把长长的一番话暂作结束以后，平分地把目光分注于五人。

“好！”五人差不多一齐发出赞同的回答来，同时大家又好奇地把目光集注于翻开在案上的书册上。

“这用红笔标着的是符号。”王先生似乎已猜着了他们的注意点了。“喏，‘△’是表示全句须由低而高的，‘▽’是表示全句须由高而低的，‘•’是表示句中某一字或几字须重读的，这都是高低方面的符号。‘>’是表示句的上半部读音须强的，‘<’是表示句的下半部读音须强的，‘<>’是表示句的中央部分读音须强的，这是强弱方面的符号。‘—’表示须急，‘——’表示须缓，这是缓急方面的符号。声音的差异，不外高低，强弱，缓急三种。此三种符号以外还有一个‘～～～’，是表示读到这里须摇曳的。”

经王先生说明以后，五人才恍然明白，大家把头埋在一处试看那文字与符号的关系。

“让我把这订本来拆开，大家任拿一篇去看吧。这样大热的天气，埋了头聚在一处多热！”王先生拆开那订本，把加了符号的文字分给各人一篇，笑指楼下树林说道：“大家到那树林中去在石上坐了看吧。让我叫寺中替你们预备午饭。”

志青把携来的食物交给了王先生，就随大家下楼来到了树林里。五人把分得的文字各自依了红笔的符号揣摩了低声仿读，有时也会不自觉地发出高声来朗诵。日光从树叶小空隙中射下，各人的衣服上与手中所执的纸片上荡动着碎小的涡影。

午饭的时候，王先生向乐华询问乐华父亲枚叔动身后的消息，乐华一一告知。锦华顺口提起前几日在乐华家里看到枚叔的信，把大意说给王先生听，且说她曾因此信得了许多启示。慧修与志青也随和着称扬。

“枚叔先生的意见很对。我们读书，作文，以及生活，都全靠能触发。实对你们说了吧，我近来的留心读法，也是一种触发的结果。我住到这寺里来，每日清晨傍晚都听到和尚的诵经声，那声音高低缓急很有规律，日日听，日日一样。我觉得我们平日读文字，也该有个规则方法，于是对于读法就发生了研究的兴趣了。”

王先生又把话题转到读法上去了。志青乘此机会，急去抓住这话题，说道：

“今天下午就请王先生把读法的大要来教我们吧。方才我们依了王先生的符号去学读，似乎已有些明白了，可是还不得要领，有许多地方，简直莫明其所以然呢。”

“好！”王先生答允了。“这话说起来很复杂，姑且先把高低，强弱，缓急的三种符号来逐一说明吧。”说着，立起身来从吃饭的客堂走入隔壁房里去了。

五人静肃地等待着，过了一会，王先生拿了一支铅笔与一本拍纸簿出来，在吃饭的圆桌旁坐下，五人也就走拢去。

王先生在纸上作一小小的“•”号，说这是某字须重读的符号。随写出三句同样的文句分别加了“•”号：

张君昨天曾来过吗？
张君昨天曾来过吗？
张君昨天曾来过吗？

问道：“这句疑问句，可以有三种读法，你们看，如果叫人回答，是否相同？”

“不同。第一句可以回答说‘张君的用人曾来过’，第二句可以回答说‘张君前天曾来过’，第三句可以回答说‘不曾来过’。因为三句的着眼点不同了。”锦华很爽利地回答。

“对！‘•’号的用法，大概可以明白了。文句之中，有特别主眼，或是前后的词彼此相关联照应的时候，通常都该重读。举例来说——”又在纸上写道：

这儿是法华寺的客堂
逐二兔者不得一兔
不能二字唯愚人之字典中有之
病从口入祸从口出

五人看了都点头，似乎大有所悟的样子。王先生又换了一张纸，作了“△”“▽”两个符号，说：

“这是句调升降的符号。‘△’是表升调的，‘▽’是表降调的。”随即写出两句相同的句子来，一加“△”号，一加“▽”号：

地是圆形的△

地是圆形的▽

问道：“你们试读看，觉得意义有变化吗？”

大家出声辨别了一会。乐华抢先说：

“不同。用降调读，觉得语气很确定。用升调读，似乎含有疑问呢。”

“不错，就这句说，升调是疑问的，降调是确定的。”王先生点头说。

“确定的语气一定用降调，疑问的语气一定用升调吗？”志青问。

“确定的语句大概用降调读。至于疑问的语句，却并不一定用升调。如果在语句中含有别的疑问的词类时，反须用降调来读才对。举例来说——”说着又扯下了一张纸写道：

你道我是来做什么的▽

为、什么、到这时还睡着不起来呢▽

谁、来管你这些▽

王先生见大家都点头，又继续说道："此外，升调与降调的用法还有许多。概括地说，是这样。——我前几天曾把这写记在一张纸上，让我去拿来给你们看。"

王先生从房间里取出一张纸片来，放在圆桌中央，让大家看。那纸上是这样记着：

升调的用途

（1）意义未完结的文句——例（一）再过三天就放暑假了（二）得酒肉朋友易，得患难朋友难（三）香港上海天津汉口是中国的重要商埠

（2）号令或绝叫[1]的文句——例（一）全世界工人团结起来（二）快让开马来了

（3）疑问句（句中无别的疑问词）——例（一）他是你的朋友吗（二）你不相信我的话吗（三）你的母亲病了，你的父亲呢

（4）惊愕的文句——例（一）他死了（二）爸爸爸爸你甚么[2]了（三）啊，你就是裴多芬先生吗

1　绝叫：大声呼叫。

2　甚么：应为"怎么"。

降调的用途

（1）意义完结的文句——例（一）我是第一中学的一年级生（二）得酒肉朋友易，得患难朋友难（三）今年是一九三二年

（2）插入疑问词的问句——例（一）你是来干什么的（二）谁？方才来看我的（三）你看结果甚么样

（3）祈求的文句——例（一）请把这书给了我（二）明天早些请过来（三）但愿我的学生成绩好

（4）愤恨感激慨叹的文句——例（一）这人不是个好东西（二）这位朋友真难得（三）呜呼！鉴湖女侠秋瑾之墓

五人一壁看，一壁把例句默读，更与平日的经验对照，觉得这种法则很相合。脸上都现出理解的喜悦，同时把眼睛再对王先生，似乎在希望他继续讲述。

“高低的符号，大概已明白了吧。次之是强弱。高低是由声带的张弛而起的分别，强弱是肺部发出的空气分量大小的分别。钢琴上的键是因了高低顺列着的，某一键对于两旁的键，声音不同，这是高低。我们用手指去按同一的键的时候，因了指力的轻重，所发的声音也有不同，这就是强弱的不同了。强弱的符号，我所定的是 >，<，<> 三种，其用法普通是这样——”王先生说到这里，重复用铅笔在拍纸簿上

写道：

>（句的头部加强）——用之于表悲壮、快活、叱责或慷慨的文句。

<（句的尾部加强）——用之于表不平、热诚或确信的文句。

<>（句的中央部加强）——用之于表庄重、满足或优美的文句。

又继续说道：“因为强弱是全关于人的感情的，强弱的分别最多见的是议论文、诗歌及叙事文中的对话，平静的记述文与说明文中的文句，差不多不大有强弱可分。换句话说，就是议论文、诗歌、对话该应用了强弱的法则来读，让我在你们已经读过的文字中，来选读些给你们听罢。”

王先生把方才那本拆散了的文选翻了一会，取出陆次云的《费宫人传》与梁启超的《最苦与最乐》来，各选取一节来读给大家听，遇到可应用强弱法则的地方，随时说明。师生都把整个的心倾注于声音的辨认上，窗外日影的转移，室内时钟的记数，他们都不曾觉得。这时候忽然传来了寺中晚课的钟声。王先生看看壁上的时钟说：

“呀！时候不早了，让我把缓急的法则来说明吧。缓急是声音与时间的关系。假定我们可在一秒钟里发‘法华寺’

三音，也可以在一秒钟里发‘法华寺东厢’五音。在同一时间，音数少的是缓，音数多的就是急了。缓用‘——’号表示，急用‘—’号表示。你们不是已懂得标点了吗？标点之中，‘，’‘；’‘。’‘：’这四种，就是表示缓急的。‘，’最急，‘；’稍缓，‘。’更缓，‘：’最缓。看这副对联吧，‘寒岩枯木原无想，野馆梅花别有春’，照普通的标点法则，上联句末加‘；’，下联句末加‘。’，所以我们读起来，‘春’字应该比‘想’字延长些才对。这法则可应用于一切文字，诗与骈文等有对偶的句子，也都可用这法则来读。诗与骈文是有平仄的，平声缓，仄声急，一句之中，平仄既然调和，缓急的法则也就自然而然配好在里面了。另外还有一个‘～～～’号，这是表示颤动的。我们读一个字，读得很缓的时候，并不只是平板地拖长，喉间往往会发颤动。颤动可以说是一种最缓的读法。让我把这联句加上了符号，你们试读看！”说着在拍纸簿上写记道：

寒——岩～～～枯——木—原——无～～～想——

野—馆—梅——花～～～别—有—春～～～

五人一一地依符号试读，王先生一一都点头许为无误。神情非常快悦。又继续补足了说：

“方才所说的缓急的分别，都是就了文句的构造上说的。

缓急在一方面更与文字所含的感情有关。含有庄重、畏敬、谨慎、沉郁、悲哀、仁慈、疑惑等感情的文句，全体须缓，含有快活、确信、愤怒、惊愕、恐怖、怨恨等感情的文句，全体须急。缓急的法则应用时须顾虑到文句的构造与感情两方面才好。高低与强弱的法则，应用时也是如此。”

寺僧的晚课已开始了，王先生也已露倦意。五人因回去须走好几里路也就向王先生告辞。王先生和他们一同下楼，经过大殿时，寺僧们正在念“南无莲池海会佛菩萨”。

“你们听!”王先生说。

大家听时，接连是三句“南无莲池海会佛菩萨”，第一句与第二句都是寻常调子，第三句后半部逐字延长，与前二句调子大异。

“这叫做‘南无莲池海会佛菩萨三称’，就是将一句念三遍。你们知道为什么第三句要特别拖长吗?”王先生问，既而自答道，“因为结束的地方照例须缓，不如此，就不能把前二句镇定的缘故。”

大家又得到一个印证。

“我近来留心听名伶唱片的对白与茶馆里说书先生的说书，他们常会给我读法研究上很好的帮助。读法可研究的方面很多，我今天所说的，不过大纲中的大纲罢了。”王先生到了寺门口，含笑对向他鞠躬告别的五个学生说。

十五 读古书的小风波

乐华从会计处走出来，手里拿着会计先生歪歪斜斜填写的墨迹未干的收据；异样的感触占据着他的心。

这时候距离开学已经有两个星期了，催缴学费的通告张贴了三回，问起同级的同学，差不多十分之八九是缴过了；他只好回去同母亲商量。原来的预算，枚叔到了四川的学校里该有钱寄回来，学费就从这笔钱里支取。但是枚叔到了那里之后，只来了两封平信，报告起居杂况。薪水呢，却说学校里尚未送来，也不便预支。母亲知道再延迟下去将使乐华难堪，便把她自己的有限的储蓄悉数拿出，又从家用里支出一点凑足了数，说道："你去缴了吧。从此以后，我自己手里没有一个钱了。你爸爸常常说的，他从前进学堂不曾出过一文钱的学费。那里知道现在进学校要这样一批一批地下本钱！且不要说将来能不能加利收还，我只巴望每一次开学都付得出本钱。"接着的是低微到几乎听不清的一声叹息。乐华接钱在手，这钱仿佛有千斤的重，非但手心有重甸甸的感觉，连胸口也像被压得透不转气来。他跑到学校里，偏过了脸把钱授给会计先生，待换到了一张收据的时候，心头突然一空，好像凭高[1]的人偶尔失足，身子掉在半空中，不知落下去将得到什么结果的样子。

“乐华，看见了壁报吗？”

乐华从怅惘中清醒过来，回头看见拉住他的肩膀问话的是胡复初，鼓鼓的两颊现出红色，眉棱耸起，表示非常兴奋的神情。

“今天星期一，原来是壁报出版的日子，”乐华自言自语。“我还没有看过，我才缴了学费。”说着，颓丧地扬一扬手中的收据。

“今天有一篇很好的文章，叫作《谁愿意迷恋骸骨》，非看不可。大家在那里抢着看，差不多要把揭示屏推倒了。”

“那篇文章说些什么？是谁作的？”

“是谁作的可不知道，因为题目下面只署了‘宗文’两个字的笔名；可以断定必然是高中的同学作的。说的是高中新请来的那个国文教员主张叫学生专看古书、专读古文的事情。”

乐华忽然想起来了：“他是本地国学会的干事呢，也怪不得他要做那样的主张。那个国学会有四五十个会员，都是些地方绅士、旧学老先生以及官私立学校的国文教员。今年上

1　凭高：登临高处。

半年，有人来邀我父亲入会，不知我父亲为着什么竟没有答应。又不知我们的王仰之先生有没有加入那个会。”乐华侧目凝想，同时把收据藏进衣袋里。

“哈哈，”胡复初对于他自己所发现的矛盾感到了兴趣。“国学会的干事，却是个穿西装、梳西式发的漂亮人物。旁人不知道，总以为他是个英文教员或者美术教员呢。”

“这原是你的错误。”乐华表白他自己的经验说，“服装与思想、见解有什么必然的关系呢？好古守旧的人也常常穿西装。你只须到城隍庙里去看，可以看见许多穿西装的人跪在城隍座前的拜台上呢。”

“可是总觉得不很相称。”

乐华不等胡复初说罢，便穿过甬道，向大礼堂那方面跑去。揭示屏前拥挤着大群的学生，清秋的朝阳斜射着他们的项颈和背部。朗诵声和嘻笑声错落可闻。及到加入他们的群里，看见《谁愿意迷恋骸骨》那一篇编排在壁报的开头，便从头默诵。那篇文章的第二节也就讲到了那个国学会。

> 国学会抱着怎样的目的组织起来的？依普通的想头，无非为着研究国学而已。实际却并不然。他们要借着国学的牌子，收得“正人心、隆世道”的效果。他们以为中国社会所以弄到这样不可收拾，不是什么经济的关系，也与所谓帝国主义没有关联，而只在于一

般青年抛弃了国学抛弃了礼教的缘故。他们梦想一个古代的封建社会；他们就组织起来，并合力量，追求他们的梦想。国学会是从这样的根源产生的。请看会里的分子是些什么人。地方上的绅士、顽旧的老先生，中等学校的国文教员。古语说，“同声相应，同气相求”；现在，这一批同声同气的人成了群、结了党了！

父亲不肯加入国学会，大概不与那批人同声同气的缘故吧：这样的一念闪电似的在乐华心头通过，他继续看壁报的文字。

他们欢喜集会结社，他们梦想古代的封建社会，只要对于我们没有什么关系，我们就不去管他们，好像人家在那里抽鸦片、吞红丸，我们也不去管他们一样。但是，他们要在我们身上发生影响，要使我们做他们的牺牲，我们就不能不放开喉咙，大声地喊着“反抗！”

我们是现代的青年，我们是现代中国的青年，我们需要在现代中国做人的知识和经验。儒家的哲学虽然一直被认为维系世道的工具，但是照我们的眼光看来，至多是哲学史的一部分材料罢了。老、庄的玄想也于我们没有用处，徒然累得思想在漫无涯岸的境界中乱跑野马。然而，目前我们的国文功课，《礼记》和《庄子·内篇》被选定为精读的书籍了！

我们自忖也并不至于那样脆弱，一读这些书籍，思想、行为上就受到多大的影响。可是，我们的精力和时间是有限的，读了这些书籍，就分去了其他方面的学习和研究的精力和时间，这宗损失是非常重大的。还有，要我们读这些书籍的那一副心肠，在客观上是不可容恕的。它要我们成为时代错误者；它要我们成为封建残余的支持分子；它要我们忘记了现实，把“九一八”和“一·二八”，反动政治和帝国主义，都忘记得干干净净，好像没有这回事；它要我们什么也不想，什么也不做，甚至什么也不能想，什么也不能做，只知道读书呀，读书呀，做一个埋身在古书堆里的蠹鱼。这样的“盛情”，除了痴呆的人，谁甘心领受呢！我们再喊一声，谁甘心领受呢！

须要知道，现代中国的青年是不愿意迷恋骸骨的了，即使你使着魔法……

突然间，“嗤”的一声，大半张壁报到了伸过去的一只手里，唏豁唏豁，急速地被团紧了。乐华和许多同学彷佛[1]打了

1 彷佛：即仿佛。

一个寒噤的样子，暂时耳根边寂静，可以听到运动场送来的呼笑声。顿了一下之后，大家才想到回转头去看。一个藏青哔叽西服的背影正在移远去，坚强地，挺挺地，是一个含着愤怒的背影。这是绰号“机关枪”的训育主任黄先生。

“发生问题了，”一个学生幽幽地说。

“嘘，”大家禁抑地呼着气，徐徐散开。

“‘机关枪’撕了那篇文章，一定跑去告诉校长，‘这成什么话’呀，‘学生批评教师的功课还了得’呀，这样地开一阵机关枪。”

“校长的办法该是查究谁作那篇文章吧。”

“那是查究不出的；只要谁都不承认作那篇文章，那是查究不出的。”

“谁都不承认，这怎么行！壁报有负责的编辑人，校长问到编辑人，编辑人能够说不知道谁作的吗？”

“我想编辑人老实说谁作的并不要紧，就是作那篇文章的人先自跑去承认也不要紧。文章上的话并没有错呀，谁愿意迷恋那些骸骨似的古书；我们的精力和时间的确有限，当然要用在最有意思的事情上边。”

“那篇文章到底是谁作的？”是悄悄然的声音。

“动笔的是高二的小李，”声音比发问的更为幽悄；“意思是由高二的七八个人拼凑起来的。”

“喂，任方，假使小李被黜退了，你们高二将有怎样的表示？”

叫作任方的坚决地回答道：“我们将要告诉校长说：‘文章虽然由李某写，意思却不是他一个人的。你要处罚不能单罚他一个人。你说黜退，好，我们一伙儿走！我们原不稀罕骸骨一类的东西！’我们这样说，看他怎样回答。”

大家感到将有带着英雄气息的故事在学校里发生，各自有一种莫可名状的高兴；脚步不觉改得轻快了；寻到交好的同学，便把刚才看见的一幕描摹给他们听。一会儿，训育主任撕了半张壁报去的消息传遍全校了。全校学生毫无忌惮地谈说着这一事件，时时插入一两声感情激动的笑和叫喊，仿佛说：我们这里快要闹风潮了。

在运动场上，乐华又遇见了胡复初，说道：

“文章看过了。意思确然很好，把迷人眼目的障翳都揭破了。只是先生们一定不高兴那一番话；对于新请来的那个国文教员，也太叫他下不过去了。恐怕——”

“你说恐怕那个小李会吃亏吗？”

乐华倚着栅栏，一只脚拨弄着开在栅栏边的菊科的小红花，沉思了一歇，慢慢地说：

“也许要吃亏的；‘整顿学风’是当今的口号，而这事件，他们必然认为大足以破坏学风的。——我又在这里想，我们的王先生对于这个问题不知做什么评判；如果我们升了高中，如果他还是我们的国文教师，他也要教我们专看古书、专读古文吗？”

“等会儿我们可以问他，”胡复初爽直地说。

“我看要有适当的机会才可以问他。”乐华很老成的样子。“既已出了刚才的那件事情，在课室里当众问他，恐怕会叫他为难的。”

“唔，”胡复初点头。

上午第二课是国文。王先生讲授读文方法已经两回了，这一课令学生做朗读练习。各个学生手头的选文上都加上了关于读法的符号，就依照着符号所指示的轮流朗读。读文言文时，声调铿锵，足以传出原文的情趣。读语体文时，就同话剧的演员在舞台上念诵剧词一般，贴合于语言之自然，表情说理，都能使听者不但了然，而且深深地印在心坎里。朗读的几篇文字原是上一学年读过了的，现在经这样的指导，读来便觉得有不少的新意趣。直到下课钟响了，大家走出课室，每一颗心还是沉浸在这种新意趣里，把早上传遍全校的事件也忘记了。

午饭后，乐华提早到校，胡复初已经在那里等候他了，便一同到王先生房里；原来他们两个在上午约定了的。

乐华问王先生有没有看见壁报上的那篇文字。王先生说早上走过大会堂的时候，那篇文字已经被撕去了，只约略听得同学在那里谈它说些什么。乐华便把那篇文字的全部内容告诉王先生，末了问：

“请问对于那一番话下什么评判?”

“这又是一场新旧之争呀,”王先生抚摩着下巴说。

“我们觉得那一番话说得不错。现在有一批人要把我们青年制造成同他们一样顽旧的家伙。那篇文章却把他们的毒害都指出来了。”胡复初说着，像对一个同学说话那么自由；他们这一伙和王先生太稔熟了。

“然而过分露着锋芒了。”王先生停顿了一下，接着说道：“被骂的人那里肯承受这样的谩骂呢！给你们读一点古书总是好意；古书又不是毒药，竟会这样胡闹起来，这明明是不识好歹呀！他们一定从这一条思路想开去的。”

“王先生,”乐华亲切地叫着,“你如果担任了高二的国文课要教学生精读《礼记》和《庄子·内篇》吗?”

王先生闭目想了一想，回答道：

“整部地叫学生读这些书，我是不主张的。——我想国文科的教材该以文学作品为范围，一本书，一篇东西，是文学作品才选用，不是文学作品就不选用。高中学生应有一点文学史的知识了。文学史的知识不是读那些‘空口说白话’的文学史所能得到的，必须直接与历代的文学作品会面，因此，古书里的文学作品就有一读的必要；如《诗经》和《左传》里叙述几回战役的文章，即使不能够全读，也得选几篇重要的来读。换一句话说，高中的国文教材应该是‘历代文学作品选粹’一类的东西。”

"好像他们还有'学术文'呢。"胡复初接着说。

"'学术文'指一些说明文、议论文而言。像《庄子》的《天下篇》，说明当时各派思想的分野，《荀子》的《性恶篇》，阐发一己对于人性的认识，这些都是'学术文'。可是，提起学术就得分科归属；笼笼统统混合在一起读一阵，实在不很妥当。就像刚才说及的《天下篇》和《性恶篇》，归属到历史科里作为参考材料岂不更好？修习历史本要研究周、秦诸子的流派和思想的，参考了这些文篇，知解自然更见真切。所有的'学术文'差不多都可以照样归属到各科里去。那末，国文科里也就无所谓'学术文'了。"

王先生喝了一口茶，咂着嘴唇，意兴颇浓地说：

"照这个说法类推，也就无所谓'国学'。"

乐华抢着问道：

"王先生，你不是国学会的会员吧？"

"我怎样会是呢？'国学'是一个异常不妥当的名词。文字学是'国学'，历代各家的本体论、认识论是'国学'，《尚书》和《左传》是'国学'，诗、词、歌、赋也是'国学'。好比不伦不类的许多人物穿着同一的外衣，算什么意思呢？按照本质归类，称为文字学、哲学、史学、文学，岂不准确、明白？"

"你的意思我很能够了解，"胡复初端相着王先生说。"不过，他们那些人总欢喜'国学''国学'地闹个不休，只消看各书馆在报纸上登载的广告，加上'国学'两个字的书籍非常之多，我们 H 市又有一个国学会，这到底是什么缘故？"

"你要查问那缘故吗？"王先生微笑着说。"缘故当然不止一端，而把本国的东西看得特别了不得，对它抱着神秘的崇奉观念，却是重要的一端。如果按照本质归类，称为文字学、哲学、史学、文学等，不是别国也有这些花样的吗？见不得神奇。统而名之曰'国学'，这含含胡胡[1]的称谓里头就包藏着不少珍贵的意味；差不多说，谁要去亲近它，是只许从它那里拾一点宝贝回去的。——我想起那篇文章所用的'骸骨'这一个字眼来了。既然有人把'国学'看作珍贵的宝贝，自然来了反响，另外有人把它看作腐败的'骸骨'。实则双方都是一偏之见。"

"为什么呢？"乐华与胡复初的疑问的眼光同时向王先生的脸上直射。

"我知道你们要问的。你们以为那些古书已成为'骸骨'是无疑的了。不知道对待思想、学术不能凭主观的爱憎的，最重要在能用批判的方法，还它个本来面目。说得明白点，就是要考究出思想、学术和时代、社会的关联；它因何发生，又因何衰落。这样得来的才是真实的知识，对于我们的思想、行为最有用处。在这样的研究态度之下，古书就和现代的论文、专著同样是有用的材料，而并不是什么'骸骨'。单说一

1　含含胡胡：即含含糊糊。

部《礼记》，要研究古代民俗和儒家思想就少不了它。不过那是专门家，至少是大学生的工作，中学生是不负那种研究责任的。”

“高二那位国文先生要学生精读《礼记》，大概和你所说的研究工作不是同一的事情吧？”胡复初问。

“这个我却不知道。”王先生似乎不愿意谈到这上边去。

乐华和胡复初离开了王先生的房间，听得同学间在那里纷纷传说，作那篇文章的小李和壁报的四个编辑人被“机关枪”叫去了，都在校长室里。不知将有怎样的结局，也许来一个极端严厉的处罚吧；如果这样，那是太专制了，非出来打抱不平不可：大家心头都这样期待着、激动着。

但是事实上的结局并没有料想的那么严重。第二天，小李的家长接到学校送去的一封通知书，说小李思想不纯，言论荒谬，应请加以注意，如果不能悔改，学校就无法容留他了。每星期出版两次的壁报呢，依然容许出版；不过先须送请教师检阅，而负责检阅壁报的教师就是那“机关枪”。

十六 现代的习字

星期日，乐华迎着晴朗的朝阳去访朱志青。小小的一间屋子，却很敞亮，志青靠着前窗在那里习字呢。在乐华的经验里，这是新鲜的事情；和志青同居一间自修室一年之久，从没看见他做过这“水磨工夫”的勾当。

“你闲空到这般地步，竟在这里一笔一画写这么齐整的小楷。”乐华说着，翻看志青所临摹的一本字帖，从封面上知道这叫作《灵飞经》。

“并不是闲空到这般地步，”志青辩解道。“我们写的字实在太不成样子了，莫说别人看了不舒服，自己看了也觉得难为情。所以抽出一点工夫来练习。”

乐华又在《灵飞经》的封面上发现一颗阳文[1]的小方图章，刻的是“慧修”两个字，便明白了这本字帖的来历，也明白了志青为什么练起字来的真因由；于是拍着志青的肩膀，

1 阳文：与“阴文”相对，指刻铸成凸状的印文。

讥讽地说：

“依我看，‘你们’写的字也过得去了。‘你们’这样用功练习，大概除了希望写得更好以外，还有什么神妙的趣味吧。”

志青的脸上有点儿发红，向乐华斜睨了一眼，说道：

“你也来取笑我了；你是向来不取笑别人的。”

一股热烈的欲望突然在志青的心头涌起，他随即拉着乐华的衣袖说：

“这一刻你没有什么事情吧？我们一同找慧修去。”

“我和你一同去找她，只怕不很方便。”

“有什么不方便呢？她家里你不是没有去过的。”

“那末一同去就是了。”

乐华近来常常怀着矛盾的心情：看见志青和慧修，大文和锦华，他们亲昵地在一起说笑，就觉得他们讨厌，可是又觉得他们中间含着什么趣味似的，多看他们一眼便是一分快适；此刻答应同去，分明是后一种心情战胜了前一种了。

“坐也没有请你坐，就要你跑路了。”志青尽主人的礼貌，让乐华先走，同时扣上了衣领的纽扣。

通过三条小街，他们便到了慧修家里。慧修也正在那里习字，看见他们到来，便掩转字帖，加在她自己所写的那张纸上面，站起来对志青说道：

“料不到你来得这样早。”

“乐华很早地跑来看我，我说我们一同找慧修谈谈吧，所以这一刻就来了。你的字课还不曾完毕吧?”

乐华看慧修的那一本字帖，封面上题着“赵松雪临《黄庭经》真迹”几个字。

慧修娇憨地一笑，将额发向耳朵后面掠去说道：

“昨天晚上十一点，我的父亲从北平回家了。我们听他谈北平的社会情形和关外义勇军抗日的英勇故事，直到一点多才上床去睡。今天早上不免迟一点起身，所以才写了半张还不到的字。”

乐华听慧修这么说，便想到远在四川的父亲，不知道那一天才得尝到“父亲从四川回来了”的乐趣呢。忽见一个中年人走进室中来，带褐的脸色，上唇有短短的髭须，眉目的部分仿佛含着笑的意味。乐华揣想他一定就是慧修的父亲，及经慧修介绍，果然是的。因为与他初次见面，未免感到一点拘束。溜过眼光去看并肩站着的志青，也正相同：若有意若无意地看着那本字帖的封面，露出一副局促的神情。

那个中年人似乎已经感到了两个青年的习惯上的弱点，便把语调放得十分随便，差不多对他自己的孩子说话一般，说道：

“你们不要拘束，尽管谈你们的，笑你们的，和往日一模一样。以后你们常常到来，常常和我见面，我会成为你们的老朋友的。”

慧修带着骄傲的神态接上说：

“爸爸虽然留着髭须，实在还是个青年人。爸爸，你该没有忘记吧：去年春季，你，我，还有表哥，一同到城外去，沿河一路跑步，直到山上法华寺的门前，大家躺在地上听黄莺呢。”

“那里会忘记，那里会忘记，”父亲端相着发育得比去年更为充实的女儿的躯体，连声应答。他回转头来，移开掩在习字纸上面的字帖，又说：

“你在这里练字，选取这一本东西做范本，这是不错的。字确然应当练习。有些人以为在今日的时代，字是不用练习的了，那是错误的见解。不过同一练字，现在与从前目的不同，因而标准和方法也有不同。”

“现在与从前怎样不同呢？”近来热心于练字的志青不禁脱口而出；他对于站在面前的那个中年人渐渐抱着亲切之感了。

慧修应和着说：

“爸爸，你今天本要在家里休息，不预备出去看望亲戚、朋友，此刻随便给我们谈谈关于习字的话吧。”

乐华热望地看着那个中年人的脸，说：

“我也很希望听呢。”

“你们要我谈这个吗？好。我们大家坐了再谈。”

慧修的父亲自己坐了，见同学三个也坐了，便和缓地开言道：

“从前的人练习写字，目的在猎取功名，或者在成为书家。他们的写字和日常业务交涉较少；换一句说，就是和眼前的实际生活不发生多大的密切关系。他们在实际生活上并没有非写字不可的情形：往来的信件是很少的，发表文字的机会差不多没有，账单之类当然也不用开。因此，他们所悬的标准只是合得上考试的‘格’，或者是‘食古而化，自成一家’。而他们的方法呢，就是这样不限时日，毫无目的地，书写，书写，书写，临摹，临摹，临摹。”

“我们不是正在这里临摹吗？”这样的一念同时通过慧修和志青的脑际，两人正欲开口，慧修的父亲继续说道：

“至于现在，除了极少数的人以外，谁也没有这样的暇闲了。生活和职业逼迫得你非每天执笔写字不可；而且所写的东西都与生活和职业有着密切的关系，不能丝毫忽略。试想，写信不成个样子，抄写一篇文稿糊涂到叫人读不下去，开具账单又出了多处的错误，那关系的重大岂是从前人抄错了书、临不像碑帖所能比拟的？现在人写字的意义与从前人完全不同了：从前人写字是一种暇闲的消遣，是一种不可必得的‘锦标竞赛’；而现在人写字却就是实际生活的一部分。既是实际生活的一部分，自当把从前那种超出实际的标准放过一边，而另外去求适合的标准。”

“适合的标准是什么呢？”慧修坐出一点，把臂弯支在膝上，手掌承着下巴。乐华和志青也都挺一挺腰身，凝着神听。

慧修的父亲想了一想，说：

“我想现在人写字，该有四项标准，就是迅速、准确、匀整和合式这四项。现在人生活繁忙，做不论什么事情，都要讲时间经济；写字的必须迅速是当然的。准确呢，就是写下字来没有错误的意思。随笔写错了字，自己不能发觉，以致误事，固是实际上的损害；而写错在先，后经发觉，于是涂抹的涂抹，填注的填注，拿出去竟不像一件东西，也是形式上的缺点。所以必须把准确作为写字的标准，落笔要自始到底没有错误。要达到这两项标准，只有随时留意，随时练习，一定的方法差不多是没有的。再说匀整和合式。匀整和合式是现在人写字美观方面的最低标准，仿佛一条水平线，够不上这条水平线的，就拿不出去；因为拿出去会受人家的鄙视，至少也要引起人家的不快。要达到这两项标准，却有一些话可以讲的。”

慧修的父亲说到这里，从衣袋里取出纸烟盒和火柴盒来，点上吸了一口，把淡白的烟吐到空中，回顾着墙上一副狄平子所写的对联，重又说道：

“匀整可以分两方面来讲：一是每一个字本身笔画的匀整，二是全幅的字通体款式的匀整。每一个字的许多笔画虽不必长短均等，粗细一律，但也不可相差得太远。笔画间的空隙要匀称，须使多笔画的字不嫌其局促，少笔画的字也不嫌其宽松。你们看那条对子上的一个‘作’字和一个‘爱’

字，——”

三对眼睛一齐直望着那条对子。

“‘作’字的人旁虽然略粗一点，与这边的乍字相比，却不见其臃肿。‘乍’字的三画横笔只上边的一画略长，下边的两画便长短均齐。再看，这‘作’字的笔画何等少，只因各笔位置匀称，所以不觉得宽松。‘爱’字的末了一捺比较粗，但因为在下面笔画稀少的部分，便觉正好。至于上部的三点，中部的心字[1]，由于布置适宜，空隙就好像很舒畅的样子。”

慧修若有所悟地接着说：

“经爸爸这样说，对于这副看懂了的对子看出新趣味来了。你们看，上联的那个‘诣’字，言旁的几横以及这边很难位置的一个旨字，每一笔都摆在最适当的地位，这一笔不迫近那一笔，那一笔也不远离另外一笔：真是匀整到极点了。”

“那个‘人’字也有意思；笔画少极了，可是一点不嫌稀疏，”志青吟味地说。

乐华也悟出了一点意思，他望着慧修的父亲说：

“我看那副对子十四个字个个稳当，好像一个人坐在椅子上很安舒的样子。”

“稳当，”慧修的父亲衔着卷烟点头说，“这个字眼用得

1　“爱”的繁体写作“愛”。下文中“诣”的繁体写作“詣”。

很的当[1]。你们要知道，字要笔画和空隙都匀称才会稳当；不然就像醉汉坐椅子，仿佛要跌翻的模样了。古来的碑帖和名家的手迹当然是稳当的；所以，慧修，你在这里临摹这本《黄庭经》是有益处的。现在，我们再说全幅的匀整，也可以看那副对子。”

慧修的父亲把烟蒂丢在灰盂里，舒一舒气，继续说道：

“上联‘不好诣人贪客过’，下联‘惯迟作答爱书来’。把每条七个字结合起来看，上下互相呼应，不偏不倚，距离也正好。再把两条结合起来看，左右好像很调和、很一致的样子。你们不觉得吗？这就是通体的匀整。写下字来如果单是各个匀整，而不能通体匀整，看去就觉得刺眼。在实际生活上，写字又常须连篇累牍的；所以你们练字，除了各个匀整以外，更须求通体的匀整。这也可以从碑帖方面得到益处。譬如你们拿一本字帖来看，不只看它每个字怎样结构，还要看它上一字和下一字怎样联络，前一行和后一行怎样照应；这样多多留意，你们的眼睛就有了成竹了。当落笔的时候，更随时相度上下左右，总要把每一个字摆在最适当的地位；这样多多练习，你们的手腕就有了分寸了。眼睛和手腕一致，知其当然，又能实现这个当然，这样，你们的字就够得上水平线了。慧修，试把你刚才写的字拿来看。”

1　的当：即为“得当”。

慧修站起来，把自己写的字送到父亲手里，就靠在他旁边，脸上略现忸怩的神色。乐华和志青偏过一点身躯，眼光都投到那带点黄色的八都纸上。

慧修的父亲看了一眼，又把那张纸送远一点，凝神再看，徐徐问道：

“你们看这六行的字，通体怎样？”

慧修抢着先说道：

“我知道第四行和第五行中间太疏阔了，看去便觉得不接气。第二行各个字接连得太紧密了，也和其他几行不一致。”

“慧修说得不错，”乐华和志青差不多齐声说。

“你既看得出自己的毛病，以后就得注意手腕的工夫。写字究竟是一种技术，非加工磨炼不可的。”慧修的父亲这样说，就把手里的纸交还慧修，又说道：

“匀整是说过了，我们再来说合式。什么东西差不多都有通行的格式，不合格式，人家看了不习惯，就会引起不快的感觉。书件也是这样。一种书件有一种格式：如抄写文稿，题目通常比正文低几个字；写一封信，对方和自己的名号都有一定的地位，如果用到两张信笺，第二张上就不宜只写孤零零的一行。北平某机关里用过一个高中毕业生的书记，叫他誊写一件公函，他便不留天地头，不空出行间的空白，把大大小小的字铺满了三张信笺。这怎么送得出去呢？只好由别人重写。那个高中毕业生的饭碗就此打破了。”

“教我们去写公函，饭碗也一准打破的，”慧修爱娇地看着父亲。

“照你这样练习下去，又随时留意各种书件的格式，那就只怕你抢不到饭碗；抢到了饭碗的时候，简直可以吃一辈子的了。哈哈！”那中年人的戏言里分明含有矜夸的意味。

“我要请问，”乐华说。“现在用钢笔、铅笔写字的人很多，我们作文、写练习簿，也常常使用钢笔。这与使用毛笔写字，应该注意之点想来没有什么不同吧？”

“有什么不同呢？在新兴的工商社会里，在一切都讲求快速的现时代，毛笔说不定会被淘汰干净的。但是，使用钢笔、铅笔写字，应当达到的标准还是我们刚才说的四项：迅速、准确、匀整和合式。——喔，我忘记说了。因为讲求快速，行书比楷书更多用处。你们须兼习行书才是。待我想，最好用什么本子呢？”

乐华望着那中年人的带褐色的和善的脸，心里想着到父亲的书柜里检一本字帖出来临摹的念头。

慧修忽然仰起鼻尖说：

“志青，你闻，什么香气，浓极了。”

志青嗅了一下，会心地微笑，说：

“什么地方的木樨花开了。”

十七 语汇与语感

自从四川的战争发生以来，乐华在家里日日盼望父亲的来信，一到校里就先到阅报室看报。平时不甚关心的内江、大足、新津等的四川地名与田颂尧、罗泽洲、黄绍缵等四川武人的名字，都一一地熟习了。每次上课预备铃一摇，在阅报室中的学生都即把报纸放下就走，乐华常是最后走出阅报室的一个。

星期六下午，第二班国文课，照例是讲演的练习，王仰之先生处置讲演一课，有两种方法，交互参用。一是预先限定话题，指定讲演的人的，一是并不限定话题，临时叫一人自由讲演的。照顺序，本星期是自由讲演，全班的学生，除几个已经被指派过以外，都在肚里预备着讲演的材料，恐怕被指派着。上课预备铃才摇过，教室中的空气已非常紧张了。

乐华走进教室时，见有许多人围绕着一个名叫杜振宇的同学。大文、志青、锦华、慧修也都在他坐位旁。杜振宇今年十七岁，在全班中年龄要算最大，平日不多说话，一向未被大家注意。本学期以来，王先生好几次在课堂上称赞他作文有进步，上星期的作文，王先生评他是第一，把他的课卷粘在壁上叫大家阅看。于是他就成了全体同学目光的焦点了。

“请把你用功的方法告诉我们。为什么你的进步这样快？”胖胖的胡复初正在央求说。

“我自己并不觉得什么进步不进步，说不出什么来。”杜振宇谦逊地谢绝。

“你的进步，一定不是偶然的事。能把经验告诉大家，是于大家有益的。前次乐华不是很坦白地讲过《触发》的题目了吗？”慧修从旁劝诱。

“咿呀，不是不肯说，实在无可说。”杜振宇搔着头皮回答。

“不要卖什么秘诀啊，哼！”

教室的一隅发出低微的讥诮声。杜振宇顿时脸红起来。大家回头去查究说这话的人时，王先生进教室来了，接着就听见上课的铃声。这才各人就位。

王先生从教室的空气中感到有些异样，问方才有过什么事，志青立起身来说明方才的经过情形且提出意见道：

“我们很想听听振宇的用功方法，今天的讲演，就请王先生叫振宇担任，好不好？”

“好！振宇，大家既然希望你讲，就讲吧。”王先生笑向振宇说。“你近来作文很有进步，我也颇想听听你的经验呢。”

振宇仍是搔着头皮。复初坐在振宇背后，用手轻轻地推他起身；在他前面的慧修也回头向他使眼色，催他快上讲台去。全教室的人都把注意集中在他一人了。过了好一会，他才慢慢地立起身来走到讲台上。

振宇上了讲台以后，就态度一变，不再扭扭捏捏了，他很爽朗地开起口来。

“承先生及诸位同学说我作文有进步，要我把近来用功的经验讲给大家听，我自己觉得并没有十分用功，说不出什么有益于大家的经验来。我在这半年中自己比较注意的只有一件事，如果我的作文成绩果真有进步，这进步也许由这上面来的。现在待我讲出来，供同学们参考。”

“来了！”复初低声叫说，把身子竖得笔直，张了口好像预备去吞咽什么好吃的东西似的。其余的人也都怀着迫切的期待。

振宇把方才的一段话做了引言，略停片刻，又继续说道：

“这半年来，我所注意的就是辞类的收集和比较的一方面。王先生屡次对我们说：‘文章的好坏，可从三方面来观察，一是文法上有无毛病，二是用辞适当与否，三是思想的新鲜、正确、丰富与否。’思想内容是靠多读书多体验的，普通人只有普通人的思想，无法可求速效，只好终身修养。一般人平常所犯的毛病是文法的不正与用辞的不当。试看《中学生》杂志的《文章病院》，凡是入病院的文章，所犯的病症差不多有十分之六七就是文法不正与用辞和本来的意思不合拍。我的写文章，于文法上虽一向尚能留意，但用辞不当的毛病是常犯的。王先生在我的文课簿上曾好几次加着‘用辞未当’的批语。这才使我留意到辞类的收集和比较上面去。

“我近来于读书或一人默想时，每遇一辞，常联想到这辞的相似或相近的辞，使在我胸中做成一个系串。譬如说，见到‘学习’一辞，同时就想起‘练习’‘研究’‘探讨’‘考究’‘用功’……等的辞来，见到‘怒’一辞，同时就想起‘愤’‘恨’‘动气’‘火冒’‘不高兴’‘不愉快’等……辞来，见到‘清静’一辞，同时就想起‘干净’‘清淡’‘安宁’‘寂静’‘恬淡’……的辞来。我把这些一串一串的辞在胸中自己细加比较，同一串的里面，那个范围最广？那个范围最狭？那个语气最强？那个语气最弱？一一要弄得很清楚。这是我近来新养成的一个习惯。我在以前初读英文 ABCD 的时候，自以为在‘研究英文’，对别人也会这么说，在作文的时候也会这么写。现在可不然了，我决不至再把初读 ABCD 当作‘研究英文’了，我一定会说‘学习英文’或‘练习英文’了。因为我已明白了‘学习’‘练习’和‘研究’诸辞的区别了。我案上有一部辞典，胸中别有一部辞汇，每遇一个辞，有未解时就翻辞典，然后编入我胸中的辞汇去，每用一个辞，必在辞汇中周遍考量，把适合的选来用。这就是我近来暗中在做的一种工夫。”振宇说到这里，把话带住。

大家听了振宇的话，才明白他进步的由来，不禁都暗暗佩服。在这番谈话上，振宇对于其他的同学俨然取得了先生的地位，全堂肃静得如王先生在讲话。乐华至于暂时忘去了在战乱区域中的父亲的事情。

“现在再把我做这功夫的诱因来说一下。前几星期乐华君讲过‘触发’的话，我的做这步工夫，也可以说是一种触发的结果。”振宇又继续说。

大家总以为振宇的讲演已完了，及听他继续说，都喜出望外似的重复凝神静坐，期待他另有发挥。

“同学中有几位是知道的，我家里光景并不甚好，衣服一向是马马虎虎的。自从进了中学校以后，终年都穿制服，平常单夹棉各种的长袍，就是布的也不完全了。有一次，记得是今年三月上旬，亲戚家里有喜事，非去道喜吃酒不可。那家亲戚是一分很旧派的人家。制服已脏得不堪，即使不脏，也不便着了去。家里长袍不全，母亲翻箱倒箧，寻不出一件合身合时令的衣服。论季节是应著夹袍，我却不得已只好著了一件较新的自由布单袍去，那是前年秋季为了去送人家的殡裁成的，短得几乎及膝。我著了出门时并不觉得什么不好，一到喜庆人家，就不觉自惭形秽起来了。满堂的贺客之中，年老的都著着驼绒袍子，年轻的或是衬绒或是哔叽的夹袍子，身段适宜，色彩材料也都和喜事很调和，我因这衣服的不称时地，身段，就想到文章中的辞类的事来了。俗语说：‘富人四季衣穿，穷人衣穿四季。’衣服可以比喻辞类，什么时地该著什么衣服，和文字中什么意思该用什么辞，情形相似。衣服是要化钱做的，我们是穷人，不得已只好照了‘衣穿四季’的俗语，用一件自由布长袍去送殡、道喜，不论春夏，不论秋冬，都是它。至于文字上的辞是无须化钱的，尽可照了富人对于‘四季衣穿’的态度，尽量搜罗，使其恰合身段时令与场所。胸中辞类贫乏，张冠李戴，把不适切的辞来用，等于把一件不合身段的自由布长袍单夹棉通用，喜吊都是它，怪难看的。我们做穷人的，衣服不周，常会被人原谅，不以为怪，至于辞类是用以达意的，用得不适合，就要被人误会，我们自己的本意也就因而失去了。我们在衣服上或可甘心做穷人，在辞类上却不妨是富人。诸君以为何如?”

振宇在同学的笑声中结束了讲演，回到自己的坐位上。大多数的同学把他注视了一会，表示佩服。同时又把眼光齐向着王先生，看有什么说的。

王先生含笑对振宇看了一会，即转向大家说道：

“振宇的话很有道理，可以供大家参考。让我再来略加补充。振宇方才所讲的是关于语汇的话，语汇要求其丰富。我所谓丰富，比方才振宇所说的情形要更进一步。语汇是因了地方及阶级而不同的，某地方人有某地方的语汇，某种阶级的人有某种阶级的语汇，使用时要各得其所，才亲切有味。譬如说，‘白相’是苏州人的用语，如果写入广东话或北平话中，即使意思不错，就不相入了。学生口中常说的‘婚姻问题’，如果出诸不识字的乡间农妇之口，也就不对了。‘作弊’与‘揩油’，‘白相’与‘玩耍’，‘结婚’与‘成亲’，彼此意义虽同，情趣很有区别，这是值得注意的。我有一位朋友，他选择配偶，第一个条件是要同乡女子。别人问他为什么，他说如果不是同乡人，彼此之间谈话起来趣味很少，这话很妙。近来的白话文，在语汇上是非常贫乏的，因为它把各地方言的辞类完全淘汰了，古文中所用的辞类也大半被除去了，结果，所留存的只是彼此通用的若干辞类。于是写入小说中，一不小心，农妇也喊‘革命’，婢女也谈‘恋爱’了。”

王先生的话，被全教室的笑声打断了。王先生摸出表来一看，急忙继续道：

“振宇方才所举的辞类，似乎着眼只在普通用语，并未注意到语汇因地方与阶级而不同的一方面，这是该补充的一点。我们真要语汇丰富，只留意于普通用语是不够的，须普遍地留意于各地各种人的用语才好。此外，还有一种工夫应该做，就是对于辞的感觉力的磨炼。方才振宇说，他每遇一辞，要连同相近的辞做成一个系串，编入胸中的辞汇去。用辞的时候，要在同一系串中辨别其语气的强弱与范围的广狭，择最相当的一个来使用。这话很对。要做这步工夫，非对于辞类有锐敏的感觉力不可。两个辞的意义即使相同，情味常有区别。譬如说，‘他逃走了’‘他溜走了’，‘逃’与‘溜’虽都是走掉的意思，但情味很不一样。‘老屋’与‘旧屋’，‘书简’与‘信札’，有雅俗之分。‘似乎俨然’没有‘像煞有介事’的轻松，‘快乐’较‘欢喜’来得透露显出。振宇方才用衣服来比辞类。讲究著衣的人，不但注意到材料的品质，并且注意到花纹与颜色。讲究用辞的于辞的意义以外，还须留心到辞的情味上。辞的情味可从好几方面辨认，有的应从字面上去推敲，有的应从声音上去吟味。‘书简’与‘信札’的不同，似出于字面。‘萧瑟’与‘萧条’的不同，似由于声音。每遇一辞，于确认其意义以外，再从各方面去领略其情味，这是很要紧的工夫。振宇只就辞的意义说，似乎忽略了这方面，所以我再来补充。”

王先生随讲随在黑板上摘写要点，讲到这里，黑板上差不多已写满了字了。

“振宇，你可把这番话写出来到校刊上去投稿，题目是——”

王先生在下课时急忙对振宇这样说，同时在黑板前端空隙处加写了“语汇与语感”五个字。

十八　左右逢源

榆关失陷的恶消息，随着二十二年[1]的新年俱来。乐华在不到一星期的阳历年假中，仍日日到学校里。有时参与抗日会的工作，有时在阅报室里看报，有时找师友谈话。他于放年假前几日接到父亲从四川寄来的信，说："学校停闭，薪水无着，战事稍平静，就要回到家里来。"又说，"下学期的学费无法筹措，到不得已的时候，只好叫你辍学了。"此外还带说有许多关于自学的话。他早自知不能长在学校求学的，自接到父亲这信，知道离开学校的日期说不定就在眼前了，对于学校不禁越加恋恋起来。

有一天下午，乐华到学校里来，想和王先生谈谈。走到王先生的房间里，见志青、慧修、振宇、复初都在那里，王先生正在和他们谈说什么。乐华略做招呼后，坐在室隅的椅上，默然静听。

1　二十二年：指民国二十二年，即 1933 年。

“乐华，你来得正好。我正在和志青、慧修他们说用功不可偏重呢。中学校所施的是普通教育，各种科目都是必要而有关联的，一般中学生往往有把科目来偏重的毛病，因为对于某一科有兴味，就把其余的各科放弃不顾。据我所知现在各校学生中自命为文学家，而对于算学、图画、理化等科漠不关心的人很多。这是很不对的。文字只是发表思想感情的工具，思想感情须从各方面收得，只偏重了文字，结果文字也就空而无实。你们对于国文总算是肯用功的了，不知对于别种功课怎样？我很不放心。”王先生向着乐华说，意思似想叫乐华明白方才的话题。

乐华点头不作声，只注视其余诸人。毕竟是志青先开口：

“我们对于别的科目，也都很有兴味。各位先生似乎都知道我们是用心于文字的，他们教授功课的时候往往和国文关联了来解释。譬如教算学的沈先生，他常叫我们着眼于问题的要点，叫我们注意于推理的步骤。有一回，他指定一个例题临时叫我在黑板上演算，那个题目我牢牢记得，是这样：‘某学生每日上午七时二十五分由家到校上课，有一日每分钟走五十步，距上课尚有七分钟，有一日每分钟只走三十五步，上课迟到五分钟。求学校上课的时间。’我一时昏忙了，想不出头绪来，只是执了粉笔对着黑板发呆，沈先生见我算不出，就叫我回到坐位上，一壁在黑板上写一壁说道：‘两次所走速度的差是十五步，两次所走的时间的差是十二分钟。

把这两点关联了想，每分钟少走十五步，就迟到十二分钟，假定这学生在走得慢的那一天，在上课前七分钟中途把脚停止了，那末离学校还有十二个三十五步，就是四百二十步。这四百二十步是因每分钟少走十五步积下来的，所以他到上课前七分钟所走的时间是十五除四百二十，得二十八，就是二十八分钟。他是七时二十五分出门的，走了二十八分钟，距上课还有七分钟，所以上课的时间是七点六十分，就是八点钟。’一经沈先生的这样地剖析，我就很明白了。沈先生又说：‘题目的要旨是叫你求出上课的时间，这好比文章里的中心思想，题目中所摆出的条件，如七时二十五分开始出门，每分钟走五十步或三十五步，距上课尚有七分钟或迟到五分钟等，好比作文时可使用的材料。有了中心思想，有了材料，不一定就能写得出文章，第一步先须把材料分别选择，寻出材料与材料的关系，使成为若干组，某组材料该怎样用，用在何时何地，非自己仔细布置不可。捉住了中心思想，将材料从正面、反面、旁面多方运用，不可专固执着一方面。方才所说的“假定这学生在上课前七分钟中途把脚停止”的想法，可以作反面用材料的方法。’我听他的话，几乎忘记了他在教算学，自己在算学教室中了。”

“沈先生是通晓文章的理法的人，他所写的文章就很精密，我曾在杂志上见到过。算学是锻炼思考力的学科，沈先生的这番话，在作论说文的时候是很可应用的。算学书上的文字，虽说干燥无味，但正确细密，实为他科书籍所不及，科学的文字应以此为模范才好。——还有别的科目呢?”王先生把话头急转了向，眼光朝其余的人四射。

慧修见没人发言，就说道:

“像志青方才所讲的情形，我们在图画课上也常有。我于图画一向不甚感兴味，自从这学期李先生来教授以后，就渐感到兴味了。李先生讲解图画的理法，用各种事物来比喻，把文章作解说的时候尤多。有一次，他讲绘画的背景，就借了文章来说明。他说:‘背景的功用，在乎借了周围的环境把事物衬托，使事物的情味表现得更明显。你们不是读过“风萧萧兮易水寒，壮士一去兮不复还”的古歌吗?这二句中，第一句就是下一句的背景，在“风萧萧兮易水寒”的情景之下与一个壮士长别，一种悲壮苍凉的情味就现出来了。小说之中，凭空写境的文字很多，对于其中人物的行动，常发生着有力的效果。《红楼梦》中于写黛玉的死时，不是兼写着潇湘馆的竹声与空中的雨声等等吗?’被他这末一说，我不但懂得绘画上背景的重要，连文章的鉴赏力也增加了许多了。他讲构图方法的时候，也用文章中结构来譬喻解释，兼说到主宾、正干、旁枝等等的法则。最妙的是他说文章有远近法。有一日，他教授远近法，就了绘画做过种种说明以后，还恐我们不懂，再用文章来做例证。他先在黑板上速写一株柳树，柳枝垂下的地方画一个月亮，又题‘月上柳梢头’五个字。

说道：‘远近法是因了远近而变更物体大小高低的法则。照常识讲，月亮比柳树要高得多，可是柳树离人近的时候，可以比月亮高。这句词句，是合于远近法的。杨万里有一句诗，叫作“接天莲叶无穷碧”，莲叶可以接天，如果不用远近法来解释，就不可通。此外如“水天相接”等类，也是应用着远近法的文句。这种文句在描写景物的文章中最多。描写景物的文章本身就是写生画，所不同的只是绘画用形象色彩写，文章用文字写而已。’我近来对于图画愿努力练习，如果成绩过得去，将来竟想入美术学校呢。我们读英文，也都大家用着功，——复初，这请你来说给王先生听吧。你是在我们一级里面英文成绩最好的。”慧修这样结束了自己的话，同时又预定好了以后的话题。

“李先生把作写景文和状物文的诀窍教了你们了。文章与绘画，共通的方面原很多。可惜我不会绘画，不能在国文中附带授给你们以绘画的知识，使你们得到联络的印证。——复初，你来讲学习英文的情形吧。”王先生说时露着笑容，似乎他恐学生学习偏重的忧虑已消去了的样子。

复初因慧修方才说他是全级中英文成绩最好，认为是揶揄他，正红了脸对慧修注视。及听到王先生叫他讲，就说道：

“我不承认我是全级中英文成绩最好的，我们这里几个人，英文的能力各有不同。振宇生字记忆得最多，慧修会话很流利，乐华文法极熟，志青发音很正确。我一向只是捧了书死读，比较注意的是翻译一方面。张先生教英文，于发音讲解以外，更顾到英文与国语的比较。他解释一句句子，先依照了原文的构造，说出一句话，再把这一句话改成中国人日常所说的话。譬如说，他教‘a mountain, a horse, a pen’的时候，先解释道：‘一山，一马，一笔。’继而再补充道，‘一座山，一匹马，一支笔。’他教‘I am a teacher, he is a boy, has the boy a father？’的时候，先解释道：‘我是一个先生，他是一个小孩，这小孩有一个父亲吗？’继而再补充道，‘我是先生，他是小孩，这小孩有父亲吗？’他常对我们说：‘一国的语言，自有一国语言的构造与习惯，英文和国语的构造与习惯不同，读英文时，须仔细互相比较。翻成国语，要适合国语的构造与习惯才妥当。在英文的习惯上，可以说“这小孩有一个父亲吗？”在国语的习惯上，却不该说“这小孩有一个父亲吗？”该说“这小孩有父亲吗？”因为依照中国人说话的习惯是这样。’有一次，他在读本中摘出一句‘A camel must be killed.’的句子来叫我们翻译。有一个人说‘一匹骆驼应该被杀’，他摇头说不像中国话，别一个人说‘一匹骆驼该杀’，他沉吟了一会，似乎还不以为然。后来有一个人起来说‘非杀一匹骆驼不可’，他才点头。又有一次，他叫我们翻译一句‘It is a bad habit to speak ill of another behind his back’。有的说‘这是一个不好的习惯，说别人的坏话，在他背后。’有的说，‘这是不好的习惯，背后说别人的坏话。’他都以为不好。结果译成‘背后说别人的坏话，这是不好的习惯’，才算讨论完毕。张先生教授英文，原是各方面都顾到的，我的注意却在这一方面。我近来自己做着一种工夫，就是把英文读本中的文字，一课一课地来译。每译一课，自己默诵改窜[1]。要想意义不背原文，而又像中国话，真困难呢。”

“哦，你在做这步工夫！怪不得你近来作文比从前好了。”王先生嘉奖说，“学习外国语的时候，能这样留心审察比较，对于本国语的理解也就有进步。哥德曾说：‘不懂外国语的，对于本国语也只能懂得一半。’借翻译来练习作文，是最切实的方法。我也想在作文课中叫你们试做几次翻译呢。——你们对于各种科目都能这样地学习，那末不但各科成绩都不至过坏，国文科的成绩也一定更会有进步。我听了你们的话，已很安心了。”

正午就有雪意的天空，到傍晚果然飞起雪来了。玻璃窗上已粘缀着许多飘来的雪花。号房送进新到的上海报来。

“天气不好，大家早些回去吧。这样的天气，不知东北的义勇军在冰天雪地中怎样地挣扎着啊！”王先生望着窗外感慨地说，同时把报纸翻开来看。

乐华今天本想把自己的情形告诉王先生的。进来以后，

1　改窜：修改文字。

只是默然地坐了听同学们谈说，等着相当的机会。后来听到王先生这叹声，也不禁感从中来，觉得自己的辍学，算不得怎么一回事。即与志青等大家退了出来。

十九 “还想读不用文字写的书”

年假过后三个星期又是寒假了。就在寒假开始的那一天，枚叔冒着风雪到了家里。从兵荒战乱中间辗转奔逃，在峻峭的山道上跑路，在湍急的江滩上过夜，听了不知多少发的枪声，经了不知多少回的搜查，这样约历半个月光景，才得踏上长江轮船的甲板。满脸风尘色是不言可知的，满怀感慨也属当然之事。国情和家况同样地不堪设想。虽然千里回家，坐定下来还是一声叹息开场。

乐华自从枚叔动身以后，只道父亲回来是非常遥远的事，一直在心头描摹父亲回来时候的欢乐的场面。谁知道只去得半个年头，便在风雪中悄悄地回来，又这般唉声叹气地坐下。母亲微蹙着眉头先把父亲的湿罩袍挂起，接着生起一盆炭火来，放在父亲的旁边，她自己也就默默地坐在一旁烘火。这完全不是个欢乐的场面，和乐华平时在心头描摹的绝不相同。又听雪花打在窗子上淅淅作响，远空中风在那里呼啸，不晓得怎么只觉一阵阵的悲凉兜上心来。

“唉！‘况我堕胡尘，及归尽华发。经年至茅屋，妻子衣百结。恸哭松声回，悲泉共幽咽。’”枚叔注视着刚刚烧红的炭块，低吟杜工部《北征》的诗句。

“那边学校就此不开了吗？”枚叔夫人似乎得到了一个机会，便吐出这切心的问语。

“就是再开我也不去了！”枚叔颓丧地说。“走尽了千山万水，受尽了兵威枪胁。那种况味说也说不完，待心情暇闲一点的时候再同你们细说吧。结果却是两手空空，几乎回来不得，在长江边头做一个流民。我为什么再要去呢！难道真个热心教育，到了非教几个学生、上几点钟功课不可的地步吗？我自问还没有这么傻样的热心。”

枚叔夫人听得这些话，知道目前真逢到绝路了。枚叔的归囊不问可知是空的。而阴历年底就在眼前，在几家店铺里欠着的一点账还不曾归还。并且，往后的生活怎么过？能够用空气做食品，十个指头做燃料，借此填充肚皮吗？她想到这些，不由得低下头来，再没有问起旁的什么的心情。

同时乐华也知道不可避免的事情终于要碰到了。他望着父亲憔悴的脸，幽幽地问道：

“爸爸，下学期只怕我要停学了？”

“当然停学了，还有什么问题！”

“你的运气太不好了，”母亲看了乐华一眼。她恨自己再没有积蓄着的钱给她儿子做学费了。停了一歇，又说道：

“如果运气好一点的话，总得让你在初中里毕个业。”

枚叔摇摇头，给她解释道：

“太太，你不知道外边的情形，以为毕个业有什么意思，不毕业就吃亏万分，其实完全不是那么一回事。要讲找事情，弄饭吃，莫说初中毕业，便是高中毕业、大学毕业的都坐在家里空叹气呢！若讲学本领，长见识，我就是当过多年教师、知道学校实情的人，据我的经验，一个大学毕业生未必就胜过了没有一张中学文凭的人。当初我让乐华进中学不过是这么一个意思：我们没有到十分拮据的地步，还付得出一笔学费，就照例送他进学校，让他去过几年学校生活。这好比旅行的人住客栈一样，到付不出房钱的时候，当然只有退了出来，在旅客一览表上抹去了姓名完事。”

“是这样吗？”应接了这么一句，她也不去细辨枚叔的话有没有道理，一心仍牵萦在儿子的身上。

“退了学，叫他做什么呢？”

枚叔的脸上照着通红的炭火光，比较刚坐下来的时候精采[1]了好些，眼睛向上望着，似乎在看认未来的希望，慢慢地说道：

“我想给他找机会。如果有商店、公司要招收学徒、练习生，如果有人肯替他介绍，他就有事情做了。”

1　精采：神采；精神。

不知道怎样乐华只觉得这句话异常刺耳，仿佛不应当从父亲的嘴里说出来的。靠在柜台旁边打包裹，拨算盘，或者捧着一批货物、提着一本回单簿在路上往来，那种近乎卑琐的形相难道就是自己将来的小影吗？和先生、同学疏远了，和学校里诵习讨究的一切疏远了，差不多要重投人身，从头做起。他这样想着，感到极端的怅惘，眼泪便留不住在眼眶里了。

枚叔瞥见乐华在那里掉眼泪，故意把声音发得柔和一点，问道：

“你为什么难过？说给我听呀。”

母亲不免有一点忌讳的观念，远人方才到家，并没有带来什么好消息，又加上流泪哭泣，也许还有料不到的不祥事情来呢。她惶恐地劝阻道：

“乐华，你爸爸刚刚到家，休得这样！”

乐华正在那里预备回答，觉得意念很乱，一时也把握不住，便把差不多浮在嘴边的一句话回答道。

“在学校里学各种科目正有一点头绪，忽然要丢开了，未免恋恋不舍，我因此难过。”

“我写信回来，不是对你说过许多关于自学的话吗？”枚叔恳挚地说，把上身凑近乐华，眼光直注着他晶莹的泪眼。

“我都仔细看了。”乐华两手轮替地拭眼泪。

“现在再提醒你一句，真要求学的人是不一定要进学校的！”枚叔说得响亮而着实。

真要求学的人是不一定要进学校的！乐华好似在弥漫周围的迷雾中间望见一条清明的路，他直把这一句反复地念了五六遍。

第二天，乐华跟同父亲到大文家里。父亲和大文的母亲谈说旅川半年间的情况，乐华就把自己不再入学的事轻轻地告诉了大文。大文听罢，喃喃地说：

“你要停学了，好，我也停学吧！”

“你为什么要停学呢？你不比我，我是不得已呀！”

“在学校里怄气，还是离开了的好，”大文的脸上现着惨淡的神色，仿佛昨晚不曾好好地睡眠似的。

“谁使你怄气了呢？前天你还是好好的。”

“不要说吧，”大文看见母亲的眼光射到他们这边来，便警告乐华这样说。

靠着两三处的借贷，乐华家的阴历年关居然过去了。乐华也有了习业[1]的所在，就在本地，叫作利华铁工厂，是从前开银行的那个卢先生给他介绍的。枚叔和卢先生那班人本来落落难合，但是为着儿子的前途，只得去访问这个，请托那个。不到几天，卢先生那方面果然来了信，说那家铁工厂只

1　习业：学习从事某种职业。

须招六个练习生，要想进去习业的青年却有两百多；总算是他的面子，替乐华介绍妥当了，只须去检查一下身体就可以算数。枚叔对于卢先生的殷勤自然十分感激。他夫人皱紧的眉头也就舒展了好些。乐华去检查了身体之后，医生并没有话说，办事员就叫他二月十一日带着铺盖进厂。那时候，学校早又开学，许多同学早又聚在一起了。独有他不再能参加在里头，他将去进另外的一个学校。

这个消息传了开去，朱志青、胡复初他们就发起给乐华开一个送别会；虽然他还是在本地，可是以后聚首的机会总比往日少了。因为要等待二年级同学到齐，这个送别会到开学那一天的下午才开。他们也请了王仰之先生、教算学的沈先生、教英文的张先生、教图画的李先生、以及别位在二年级任课的先生。各位教师有的说可以到会；有的说还有事情急待料理，不能到会了，请转致乐华吧，愿他努力前途！

乐华成为一个被特别优待的客人，这个同学请他上座，那个同学给他斟茶，使他反而不很自在。他屡次地说：

“请不要这样吧。我们依然是很熟的朋友，还是像往日那样什么都不拘的好。”

他很觉得奇怪，平时大文与锦华非常亲密，坐着走着往往在一起，现在他们两个却离开得远远的，好像彼此都不相关心似的。再加留心的时候，便觉察他们两个的眼光在那里互相躲避；一个抬起头来，眼光正要触着那个的，立刻把脸转向着别的方面。十天以前大文发着无端的感喟，什么怄气哩，也要停学哩，乐华总猜不透他为的什么；此刻可猜透了大半，一定是大文和锦华中间发生了裂痕了。因此想道：

“听说青年人闹这些玩意儿精神上很苦恼的。大文和锦华啊，你们既然还付得出学校的栈房钱，就好好地过几年学校生活吧。弄得颠颠倒倒，神思不定，有什么好处呢！”

乐华这样想的时候，铃声响了。大家都就了坐位。公推汤慧修做主席。慧修便走上讲台，说了一些惜别的话，末了说，为此所以开这个送别会。接着，她请求王先生说几句话。

王先生昂头想了一想，便走上讲台开口道：

“我听得乐华要离开我们了，心里不免怅怅。可是这不过从友谊上来的；就是刚才慧修所说惜别的意思。本来天天见面，今后却难得碰头了，感得怅怅是谁都难免的。然而我并不替他惋惜，以为他遇到了重大的不幸。

“我们要知道，进学校求学只是中产以上阶级的事。缴得出学费的，学校才收；缴不出学费的，便无法进学校的门：这种经验你们大家都有，不用细说。大多数人终身和学校无缘，可是他们也能习得了实在技能，竭尽了心思力量，来支持这个社会。一个青年被境况所限制，不得不离开了学校，这不过与大多数人同其命运罢了，就全社会看来，并不是怎样重大的问题。重大的问题乃在大多数人的知识怎样提高，大多数人的生活怎样改进。如果忘记了这些，逢到一个青年中途退学，他自己和旁人便看作天大的不幸事情：那只是中产以上阶级自私心的表现，实在不足取！”

王先生说到这里，把声音发得更沉着一点。

“我们更要知道，进学校固然可以求得知识，但是离开了学校并不就无从学习。学习的主体是我们自己！学校内、学校外，只是场所不同罢了。我们自己要学习的话，在无论什么场所都行。假如我们自己不要学习，便是在最适宜的场所，也只能得到七折八扣的效果。所以，退学不就是‘失学’；唯有自己不要学习才是真正的‘失学’！”

王先生向乐华坐的那一边望着，微笑说道：

“我对于乐华是十分放心的。他有要学习的热心，又有会学习的本领，这从他平时的努力上可以看出。今后他虽然去当铁工厂的练习生，学习的进境却绝不会就此为止。不要说别的，一年半载过后，他的国文程度一定又超过现在了。乐华，我没有旁的话向你说，我只愿你不辜负我的预测！”

一阵鼓掌声中，王先生回了原坐。乐华感动得几乎要流眼泪；脸上泛红，直延到颈根；舌头尽舔着上唇。慧修又请志青演说。志青有这么一个习惯，演说总预备着大纲，他站到讲台上，从衣袋里取出写着大纲的纸，看了一眼，开口道：

“我不懂得什么，只能依据着从杂志上读到的一些意思，同乐华和诸位同学谈谈。我曾看见杂志上讲过，现在的学校制度是精神劳动和体力劳动分离到极度的一种产物。有力量进学校受教育的，就是并不想贪懒，也只做一点精神劳动的工作；实际上是否有益于大众实在很难查考。一切体力劳动的工作呢，专由无缘进学校的大多数人去担任，而这些体力劳动的工作却是社会的支柱，必不可缺少的。这个看法我以为很确切。只须想我们自己，父兄送我们到学校里来，谁不希望我们将来当一个教员、机关职员，或者做一个官僚？再想我们吃的米，是农人种出来的，而农人不进学校；我们穿的布，是工人织成功的，而工人不进学校。”

志青自从王先生注重读书的声调以后，他不只对于读书，就是平时谈话，当众演说，对于高低、强弱、缓急三方面也留心揣摩；所以他的说理很能引起人家的注意。一堂的人都端相着他的脸，仿佛忘记了一切似的。他用漫长而重实的调子接下去说道：

“这样的分离实在不是社会的幸福。若能混合起来，精神劳动与体力劳动相调和，无论干那一种劳动的人都有受教育的机会，社会便将健全得多。那样的社会当然不会一下子出现的，而乐华去当铁工厂的练习生，却给我们一个关于这种境界的深刻的启示。他将去干体力劳动，他将去做真正支持社会的工作，他不希望躲在精神劳动的象牙塔里，专待别人来供给。他的取径是值得追随的。我们父兄对于我们的期望却不足为训。我们不要打算将来当一个教员、机关职员，或者做一个官僚，我们也要准备做一个体力劳动的工人！”

末了志青抱歉地说他想到了这一点意思，没有发挥得透切，很是惭愧。下台的时候，同学都拍着手，惟有王先生望着他微微点头，仿佛在称赏他没有发挥得透切的话确有自知之明似的。

接着又有几个同学起来说话，有的说虽然不在一起，交情还是如旧，有的说工厂方面情况，希望随时见告。最后才轮到乐华。他匆忙地跨上讲台，深深鞠躬，诚恳地发言道：

“诸位先生，诸位同学。你们为我开这个会，把我漫在深浓的爱里头，我感激到万分，要说一句适当的话向你们道谢，一时竟想不出来。你们知道，激动的心是不适宜于想心思的。现在，我只能杂乱地说几句话，向你们报告我最近的见解。

“那一天父亲的朋友来信，说把我介绍到铁工厂里去了，当时我很不愿意。经父亲给我详细开导，我才惭愧起来。我为什么会抱着那种不长进的观念呢！铁工，很好的行业，我去做铁工就是！今天听诸位的话，正同父亲说的一样，我的信念更加增了。我将昂着头，挺着胸，跑进铁工厂，高高兴兴地把蓝色的工服第一次穿上我的身！

关于自学的话，父亲和诸位都说了许多。我真诚地相信着，如果自己要学，那是不一定要在学校里的。我当然要学，关于铁工的一切我要学，铁工以外的知识、技能，我也要学。我不肯自暴自弃。更要答复王先生一声，我不敢辜负你先生的期望。

书本自然不想放弃。有空闲的时候，我预备跑图书馆。可是我还想读不用文字写的书，我要在社会的图书馆里做一番认识、体验的工夫！诸位看这个意见如何？”

这个送别会给予大家一个很深刻的印象。乐华回家把开会的情形告诉了枚叔，枚叔也叹息着说：

“可感的友情啊！‘中心藏之，何日忘之！’”

二月十一那一天，乐华进厂了。对着轮子的飞转，皮带的回旋，火焰的跳跃，铁声的叮当，不由得想起去年父亲翻给他看的两首俄国诗人咏工厂的诗。到了晚上，在寄宿舍里就寝，嗅着母亲手洗的被褥上的阳光的甘味，想着今天是完全不同的两种生活的分界线，他好久好久合不拢眼。

廿 小说与叙事文

这几天里头，三本绿色封面的厚厚的书在学校里成为流行品。H 市的书店从上海批得少，全学校只买到三本，后来去买就没有了。于是这三本书在几十个学生手头旅行，沾上了无数的手汗，加上了许多处的褶皱和破碎，不多时便同躺在旧书摊上的破书一般面目了。那是茅盾氏的长篇小说《子夜》。

看完了这部小说的，有的说“原来上海这个大都市有这么些事情在那里波澜起伏”；有的说“这才懂得了我国工业兴不起来的所以然了”；有的说“公债市场的种种花头实在弄不清楚，我们对于这些太疏远了”；有的说“作者的手段高明极了，他能把读者的心神吸住，使你看动了头就放不下手，必须看到完了才歇”。

因为有这各各不同的“读后感”，于是还没看到的人更急于要看了。

朱志青好容易借到一本在手，汤慧修说“让我先看吧”，他就毫不犹豫地移交给她。慧修得空便看，两颗眼珠尽是在书页上奔跑。这一天午后，她坐在教室里看了有半点钟，感觉眼睛有点疲倦，便用一支铅笔夹在看到的地方，合上书面，站起来散步。看见周锦华一个人靠着廊柱在那里出神，便走近去和她闲谈道：

“我想小说真不是容易作的。譬如叙述一个人在房间里想心事，似乎是简单不过的了，然而作者对于这个房间的位置以及房间里的一切陈设，就非胸有成竹不可。不然，一会儿说右边是四扇窗子，望出去可以看见街树和高楼，一会儿又说右壁全排着书架子，那个主人翁看见满架的书便觉得心烦头痛：这就是破绽了。”

“作小说大概同编戏剧差不多的，”锦华牵着慧修的手说，“编戏剧先要规定场面，我想作小说也是这般。”

慧修点点头，又说道：

“小说的作者还得留意着时令，然后自然景物、人事季节才和叙述到的故事相应。否则便要闹出夏天开梅花、冬令收麦子的笑话来了。”

“这也同戏剧相仿。一幕戏剧，那故事发生在什么时令，甚至发生在某一天的早上还是晚上，不是都得预先规定吗？”

“还有呢。小说里写一个人物就得有一个人物的性格。同样碰到一件事情，第一个人物非常高兴，第二个人物却看得淡然，第三个人物竟忧愁起来了，这因为他们性格不同的缘故。并且一直叙述下去，那三个人物的性格必须始终一贯；

即使高兴的变得颓唐了，淡然的变得热心了，忧愁的变得快乐了，也须有可能的因由，无理取闹地乱变是不容许的。我想这一层比较场面和时令尤其难以照顾，不知道那些作者怎样照顾得来的。”

“你们在讨论文艺上的什么题目吧？”

慧修和锦华听得这闯进来的问话，同时回头去看，原来是教英文的张先生，他总是那么一副温和的笑容。

慧修略带娇羞，一笑回答道：

“我们并不讨论文艺上的什么问题，不过在这里说小说不容易作罢了。”接着就把刚才谈过的话重述一遍。

张先生把右手支在廊柱上，徐徐说道：

“这些项目固然难以照顾，可是逐一照顾到了之后，写下来的不一定便是小说，也许还只是一篇叙事文呢。”

“张先生，你这话怎么讲？”慧修好奇地问。

“这就触着‘小说的本质’的问题了。你们试想一想看，有两篇文字在这里，同样叙述着一些人事的经过，而我们称一篇为叙事文，称另一篇为小说，究竟凭什么来区分的？”

慧修和锦华把牵住的手荡了几下，眼光都注定在张先生的脸上，一时回答不出来。锦华爽然说道：

“我们虽然看过好多篇小说，却没有想到这样的问题。小说和叙事文到底有什么分别呢？”

“且把这问题留下来，让我等一会告诉你们。现在先举认不清这个分别的例子来说。你们看报纸、杂志上的小说，有一些作者不是要加上一个‘发端’或是几行‘跋尾’，说明他们的小说完全根据实事，并非向壁虚造吗？还有，有一些人看完了一篇小说，不是要问‘是否真个有这件事情’吗？”

“张先生说得一点不错，”慧修肯定地说，好像一个诚实的证人，“这样的‘发端’和‘跋尾’我看见过，这样的问语我也听见过。我却要疑惑了，张先生的意思，是不是说根据实事写成的算不得小说，小说必须是凭空构造出来的？”

“我的意思并不如此。我只是说，用这样的态度作小说，看小说的人实在没有懂得什么是小说。他们以为小说和叙事文不过是一件东西的两种名称罢了。那里知道单只根据实事写成的是报纸的记事、历史的传载之类的东西，便是所谓叙事文。一篇《东北义勇军抗日经过》是叙事文，《史记》的《项羽本纪》也是叙事文，你能硬说是小说吗？”

“那的确不是小说呀，”锦华向慧修告语，仿佛征求她的同意似的。

张先生抚摩着慧修剪得短短的顶发，继续说道：

“小说不一定要根据着实事。即使根据着实事，也不像叙事文那样记叙了实事便完事，还得含有其他的东西在里头。那其他的东西才是小说的本质。”

锦华和慧修又变换了一个姿势，她们各用一条臂膀钩住对方的肩，凝神注视着张先生翕张的唇皮。

“那就是作者从那些实事中看出来的和一般人生有重大关系的意义。这样一句空话似乎不容易明白，需要举个例子来说。最近出版的《中学生》杂志你们看过了吗？”

“只看了开头几篇，其余的还没有工夫看，”锦华回答。

“那上边有茅盾作的一篇《创作与题材》。”

“就是作《子夜》的那个茅盾呢，”慧修很感兴味地说，“我在目录上看到那个题目的，但是还不曾读那篇文章。”

“那篇文章讲选择小说题材的标准，举了两个例子。说，假使你有一头心爱的猫，因为偷食，被你家里的人赶走了或者打死了；这样的事情在你虽然非常痛惜，却不配作为小说的题材，因为中间并没有和一般人生有重大关系的意义。但是，假使你有一个小妹妹患了脑膜炎，你主张请新医而你父亲却相信旧医，你的母亲又去求教符水草药的走方郎中，结果是一面旧医诊脉开方，一面走方郎中画符禳神，把小妹妹的性命断送了；从这样的事情中间可以看出很多的和一般人生有重大关系的意义，所以那是一个宜于写小说的题材。”

慧修的手拍着锦华的肩，领悟地说道：

“听了这两个具体的例子，小说的本质是作者所看出的意义，我们很能够明白了。没有这种意义的便不成其为小说。”

张先生用一个指头指点着慧修，接着说道：

“可是还有一点必得注意，须是把这种意义含在故事中间的才是小说。什么叫作‘含’呢？一碗盐汤，看不出一颗盐来，呷一口尝尝，却是咸的，于是我们说盐味含在这碗汤里。小说的故事含着作者所看出的意义就像这样一碗汤。如果在故事之外，另行把意义说明，那就不是‘含’了。我们不妨借用小妹妹送掉性命那个题材来说。如果在叙述一切经过之外，加上许多意见，如，非科学的医术贻害不浅呀，符咒之类的迷信尤其可恨呀，世间被这种方技和愚见残害的生命不在少数呀，这就不成为小说而是一篇议论文，那些故事只处于议论文‘论断’的‘例证’的地位了。”

“张先生，”慧修用一只手轻按张先生的衣袖，“我有点儿悟出来了，你听我说得对不对。我说，小说的作者把意义寄托在故事的叙述上边，并不特别说明，让人家看了他的叙述，自然省悟他的意义是什么。”

“你的聪明将来正好做个小说家，”张先生听得高兴，不禁击了一下掌。这使慧修的脸红了起来。张先生又道：

“因为要把意义寄托在故事的叙述上边，所以整个故事的每一个节目都须含有暗示的力量；作者便不得不做一番选择和布置的工夫。说到这里，小说大都不照抄实事的所以然也就明白了。世间那有这么巧的事情，一件实事恰正可以寄托作者的意义的？唯其少有，所以作者丢开照抄实事的办法，而根据他的经验，去选择人物，布置节目，创造出一个故事来。你若说他凭空虚构，那是错误的。他的材料全是社会的实相、人生的体验，何尝凭空？何尝虚构？你若问他‘真个有这件事情吗？'他将笑而不答，因为你问得太幼稚了。小说该是世间最真实的故事，然而不是某一件事情的实录。你们懂得了吧？"

锦华趁张先生语气一顿，抢着说道：

"现在我知道小说和叙事文的分别了。叙事文的本质是事情，叙事便是它的目的；小说的本质却是作者从人生中间看出来的意义，叙事只是它的手段。这意思怎样？"

张先生激赏地看了锦华一眼，正要开口，却听旁边先有人接上说道：

"锦华的话很扼要的。还可以打个譬喻来说，叙事文好比照相，只须把景物照在上面就完事了；小说却是绘画，画面上的一切全由画家的意识、情感支配着的。"

说这话的是杜振宇，并肩站在那里的还有志青、复初等五六个人。他们什么时候到来的，张先生和锦华、慧修都没有知道。

"锦华的话的确很扼要的，"张先生回顾振宇说。"要辨别叙事文和小说，这就足够了。你的譬喻也很有意思。那些只知道根据实事作小说的人就因为不明白这一层，所以用尽了心力，至多只把实事照了一张照相。"

一个比慧修低到半个头的女学生将头靠在慧修的肩上，缓缓说道：

"我们也来学作小说，可以吗？"

“有什么不可以呢？”

张先生说了这一句，预备铃响起来了，他就匆匆地说：

“在你们的经验里，你们一定常常发现和一般人生有重大关系的意义。把捉住这些意义，然后去选择材料，布置结构，这样，你们的小说即使不怎么出色，至少是值得一看的习作，不是单只叙事的叙事文了。”

张先生走开以后，聚集在廊下的一小群人都进了教室，只听张大文喊道：

“乐华进了铁工厂，今天来信了。他说请各位同学传观。是很长的一封信，等会儿下了课大家看吧。”

慧修侧着头似乎在那里想什么，随手把那本绿色封面的厚厚的书放到抽屉里，换了算学教本和算草簿出来。

廿一 语调

乐华已过了两个多月的铁工生活了。工厂为了训练职工，每日于工作以外晚上也有一小时功课，所教的是制图，计算公式，及关于材料等普通的知识。乐华日里工作，夜里上课与复习，生活紧张得很。一到睡眠时间，就在上下三叠式的格子铺上甜酣地睡熟。初入工厂的几天，他常在梦中见到父母在家里愁苦的情况，自己在学校里的热闹与快活。学校生活的梦不久就没有，自从接到父亲已入本市某报馆为记者的家信以后，连家庭的梦也不常做了。

同学们不时写信给乐华，有的报告学校近况，有的把国文讲义按期寄给他，有的告诉他王先生或别的先生近来讲过什么有益的话。乐华虽在工厂里，却仍能间接听到学校的功课内容，颇不寂寞。

五一节工厂停工，乐华于清晨就回到家里，入厂以后，这是第一次回家。他身材已比入厂时高了好些，蓝布的短服，粗糙的手，顽强的体格，几乎使父母不相信这是自己的儿子了。儿子的壮健快活的神情，使父亲得到了安心，使母亲减少了感伤。这日恰好是星期天，乐华于上午匆匆地去望先生们，饭后又到张家去探望姨母和大文。

大文家里有着许多客人，志青、慧修、振宇都在那里，正在谈论得很起劲，突然看见乐华来了，大家就惊跳起来。

“你来得正好，请加入讨论吧。”志青握着乐华的手时，觉得自己的手的光软，有些难为情了。

“你们在谈论什么？——今天是五一节，真凑巧，在这里见到许多朋友。——好，让我去看看姨母再来。”几个朋友望见乐华工人装束的背影，面面相觑地默然了好一会。

“今天全世界不知道有多少工人在斗争啊！我们却在这里谈这样文字上的小问题！”振宇感慨地说。

“这倒不能这样说。我们所讨论的是文字的条理，条理无论在什么事情上都要紧，况且文字本身就是一种做事的工具。我们现在还是学生，不曾做别的工作，如果连这种问题都不讨论，不是把好好的光阴虚度了吗？”志青说。

乐华急急地从里面出来，和大家重行一一招呼，问道：

“为什么这样凑巧，大家都在这里？——锦华不来吗？”

“今天是约定在这里聚会的，我们刚在讨论文句的调子呢。你一定有许多好的意见吧。志青，请你再来从头说起啊。”大文怕听关于锦华的话，急急地转换话题。

“我这几月来每日所听到的只是‘丁东丁东’的打铁声和

‘轧拉轧拉’的机器声，对于文句的调子，怕已是门外汉了。你们大家讨论，让我来旁听。”

“前星期王先生发出改好的文课，说全班作文的成绩都不错，只是有好多人语调尚未圆熟，文句读起来不大顺口合拍，叫大家注意。他在黑板上把我们的文字摘写了几句例子，一一加以批评，句调上确都是有毛病的。最后他提出了《句调》的题目，叫我们自己去研究，下星期六的讲演题目，就是《句调》。而且还说要在我们这里四个人之中临时指定一人去讲演，所以在这里急来抱佛脚啊。我们已把这题目关心了好几日了。各人担任一方面，振宇所担任的是字，慧修所担任的是句，大文所担任的是音节，我所担任的是其他的种种。今天要汇集各人的报告来作成一个大纲。振宇，你先来吧。”志青的话，一方面是对乐华说明缘起，一方面又是讨论的开场白。

“我所关心的是字的奇偶。我觉得中国文字有一个特性，是宜于偶数结合的。一词与别的词相结合时，如果不成偶数，就觉读来不易顺口。举例说，‘父母之命’读来很顺口，‘父命’或‘母命’，也没有什么不顺口，如果改说‘父母命’。读起来就有些不便当了。‘办事’是顺口的，但在‘办’字改用‘办理’的时候，我们须把‘事’字也改成偶数的‘事务’‘事情’之类才可以。如果说‘办理事’，就不大顺口了。这以偶数结合的倾向，白话比文言更明显，文言中‘食’字可做名词来单用，白话中就非改作‘食物’或‘食品’不可。文言中的‘道’字，在白话中已变作了‘道理’，文言中的‘行’字，在白话中已变成了‘品行’或‘行为’。王先生替我们改文课时，有几处地方往往只增加一字或减少一字，也许这就是调整语调的一种方法吧。我这几天仔细从各方面留意，似乎发现到一个原则，单字的辞与其他单字的辞相结合成为双字的辞或句，是没有障害的，如‘吃饭’‘天明’‘家贫’之类都顺口。双字的辞，如果是形容辞，有的勉强可与单字的辞相接，如‘毛毛雨’‘师范部’‘恻隐心’‘藏书家’之类，有时非加‘之’字、‘的’字不可，如‘先王之道’‘寂寞的人’‘美丽的妻’‘写字的笔’，就都是要加字才能顺口的。至于双字的动辞，大概不能与单字的辞相结合。‘翻阅书籍’是可以说的，‘翻阅书’就说不来了；‘抚养儿子’是可以说的，‘抚养儿’就不成话了。我对于这问题，还想继续加以研究。现在所能报告的，就只这一些，不知大家听了怎样？”振宇说。

大家对于振宇的话都点头。

“慧修，你所担任的是句子排列上的注意，请你报告吧。”志青继续执行他主席的职务。

“一篇文字之中，有许多句子，这许多句子如果都是构造差不多的，读起来就嫌平板不调和了。譬如：这是大文的书房，我们假如作一篇记事文，记述这间书房的光景，倘然说‘门在东面，窗在南面，床在北面，书架在西面。门外有一片草地，窗外有一座树林，架上有许多书籍，床旁有一只箱子。……’八句句子中，只有两种句式，一种句式各接连重叠到四次之多，读去就不能上口了。这是关于句的构造的话。还有，句子的末尾的作结，也有可以注意的地方。王先生前次在班上曾批评 ××× 的文章是‘了了调’，××× 的文章是‘呢呢调’，因为他们不知变化，动辄用‘了’或‘呢’来结束文句，所以读起来就不顺口了。要想文字的句调流利，句法须错综使用，切勿老用一种句式。关于句式，中国书上查不出一定的种类，我曾去请教过教英文的张先生。他替我在修辞学书里查检，据说文章之中主要的句式不过三种：一种叫散句，例如‘我要吃饭，穿衣，睡觉，读书，作工’，是中间截断了一部也可成句的。一种叫束句，例如‘吃饭，穿衣，睡觉，读书，作工，是我们生活上所不能缺一的’。这种句子如果截去了下半截，意义就不完全。还有一种叫对称句，例如‘世人以我为风狂[1]，我以世人为迷醉’。是上下两截对称的构造。中国文字中的句式，究竟应分为几种，我想好好地加以研究。总之，句式的错综使用是调和句调的一种方法。我的报告完了。请大家加以批评补充。”慧修说罢，把眼光注视其余的人，尤其是对于乐华。

志青刚欲叫大文继续报告，乐华开口道：

1　风狂：即为疯狂。

“慧修的意见很对，但我觉得有几点要补充。古来的名文中，句式重叠的不少。我们读过韩愈的《画记》，其中就有许多重叠的句式，如‘骑而立者五人，骑而被甲载兵立者十人，一人骑执大旗前立，骑而被甲载兵行且下牵者十人，骑且负者二人……’这样下去，一连有二三十句，记得除第三句‘一人骑执大旗前立’变换句式外，其余都是同样的构造。这篇文中有几段都是用着重复的句式的。又如新近你们寄给我的国文讲义中，王先生选着几首古诗，我曾在打铁的时候在肚里默念，读得很熟了。其中有一首题目叫《江南》的，那诗道：‘江南可采莲。莲叶何田田。鱼戏莲叶间。鱼戏莲叶东，鱼戏莲叶西，鱼戏莲叶南，鱼戏莲叶北。’七句之中，倒有四句句式重复。至于结束句子的助词，重复用一字的例子也很多。欧阳修的《醉翁亭记》差不多每隔数句都用‘也’字做结。这种句式重复的文字能令人感到拙朴的趣味。作者似乎故意把重复的句调来叠用的。慧修方才说句式须错综使用，原则是对的，我觉得应加一个限制，就是说，除了有意义的重复外，句式及助词务使交互错综，勿叠用同一的句式及同一的助词。慧修，你说我的话对吗？”

“你给我补充得很好。名文中确常见到重叠的调子。鲁迅的《秋夜》中，就有‘一株是枣树，还有一株也是枣树’的句法。因为一味着眼在句语的调和上，不觉把这一层很重要的反对方面忘却了。”慧修表示感佩。

“乐华在工厂里做工，选文比我们读得还熟哩！——现在轮到大文了。大文，你担任的是关于音节一方面，请你报告研究所得吧。”志青说。

“我所担任留意的是音节一方面，音节与文字的调子原有很大的关系，但是在普通的文字上，似乎不必有什么规律。我们所写作的不是诗赋，不是词曲骈文，乃是日常所用的白话。平仄不必拘泥，只求适合乎日常言语的自然调子就够了。古文中尚且有‘清风徐来’等全体用平声的句子，‘水落石出’等全体用仄声的句子，何况白话文呢？一句之中平仄参用固然可以，不参用也似乎没有什么不好。我想了许久，觉得只有一件事须注意，就是一句之中，勿多用同音或声音相近的字。我们幼时念着玩的急口令，就是利用许多同音字或声音相近的字编成的。念来很不顺口，听去也就很不顺耳。例如‘苏州玄妙观，东西两判官，东判官姓潘，西判官姓管，潘判官不管管判官姓管，管判官不管潘判官姓潘’。‘管’‘潘’‘判’‘官’都是声音相近的字，混合在一处，所以念来容易弄错，急口令的特色在此。我们写普通文字，应该避去这种困难。在普通文字中，与其说‘洞庭山上一条藤，藤条头上挂铜铃，风吹藤动铜铃动，风停藤停铜铃停’，不如说‘洞庭山上一枝藤，藤枝顶上挂铜铃，风吹藤摇铜铃响，风止藤歇铃声停’，读起来比较容易。”

大文的话引得全室的人都哄笑了。

“对于大文的话，有什么该补充的地方没有?”志青勉强抑住了笑意这样问。又对乐华道:“你一定会有好的意见吧。”

“我觉得大文的话忽略了一方面，应该补充，”乐华说，“也是我在工厂里听惯了‘丁东丁东’的打铁声和‘轧拉轧拉’的机器声的缘故吧，我近来很留心同声母或同韵母的声音。方才大文说不可多用同音或声音相近的字。多用这种字，弄得文字像急口令，原不好，但两个字是不妨用的。中国文字中叠字与声音相近的词很多。如‘茫茫’‘郁郁’‘萧萧’‘历历’‘寥寥’之类都是常用的叠字。至于声音相近的词更多见，如‘绸缪’‘历落’‘缠绵’‘徘徊’‘零乱’之类都是常用的声音相近的字。这类的字用得适当，不但无害于句调，而且能使句调格外顺利。诗总算是最讲句调的文字了，诗中就常用这类的字。方才古诗中‘莲叶何田田’的‘田田’是叠字。你们前次寄给我的选文中，有杜甫《咏怀古迹》五首。其中用着许多声母或韵母相同的字，如‘泯灭’‘萧条’‘支离’‘朔漠’‘黄昏’‘漂泊’都是。我以为同音或声音相近的字面固宜避，但也不该一概说煞。两个字的同音或声音相近的字，是可以使句调顺利，应该除外的。”

诸人都点头。

“我真糊涂，王先生前星期才讲过的，说这类的字叫作‘连绵字’。为什么方才竟没有说进去呢?”大文说时很难为情的样子。

“哦，连绵字！这名词很有趣！我今天才听到。幸而大文提起。那末我所日日在听的‘丁东丁东’和‘轧拉轧拉’也都是连绵字哩。哈哈！”乐华心中所牢记的许多声音相近的词忽然得到了一个归纳的称呼，感到统一的愉快。

“现在要听你的报告了，志青，”乐华转向志青说。

“是的，现在轮到我了。字数，句式，音节，都已有人讲过。我所担任的是他们所剩下来的东西。这几天来我曾就了句子的各方面加以留心，除了方才慧修和乐华所讲的几点外，还想到几件事。第一是句与句间的关系。一篇文字，是一句一句积成的，一句一句的语调虽然已没有毛病，可读得上口，但若句与句间的关系不调和，连贯地读起来，仍是不顺。王先生前次教我们读法，很注重上下文的呼应。我以为这呼应关系，犹之曲调中的板眼，在句调上很占重要的位置，大该注意。在字面上上句如果有‘从前’字样，下句大概须用‘现在’等语来与它相呼应；上句如果有‘与其’字样，下句大概须用‘不若’等语来与它相呼应。上句用‘的’字结尾，如果下句性质相同，也该用‘的’字结。譬如说：‘这本书是你的，那本书是我的。’如果下句性质不同，就不然了。譬如说：‘这本书是你的，我的书那里去了？’诸如此类，要看了上文的情形去一句一句地写。关于这层，标点也该连带注意。因了上文所加的标点是‘，’是‘；’是‘。’或是‘：’，接上去的句子就各各不同。我们作文的时候，标点往往都在全篇写好以后再加的。我新近自己养成一个习惯，写一句就标点一句，下句依照了上句的标点去布置安排。有时想不出调和的句子去接，就把上句的标点改过，再想别的法子。我觉得这样写出来的文字，句调容易顺当些。大家以为怎样？”志青说到这里，用眼睛去征求乐华的意见。

乐华拍手表示赞许，其余的人也拍起手来。

“志青的话，使我们得到不少的益处。我才知道‘学而时习之，不亦说乎？有朋自远方来，不亦乐乎？’二句中用两个‘不亦’与两个‘乎’的理由。此外如‘仁者，人也’‘义者，宜也’等句的趣味也领略到了。”大文说。

最长的初夏的日子已近傍晚，可是书室中的几个青年书呆子却完全没有觉得。张太太到书室来，说要留乐华早些吃了晚饭去，已摆好了，叫大家都不要走，陪陪客人。

振宇、慧修、志青都立起来道谢。

“我的报告还未完呢。我想，句子的长短，是与句调也很有关系的。”志青待张太太走出书室以后说。

“我们一壁吃饭一壁谈吧。”大文把右手伸成一字形，邀大家入客堂去。“乐华，请你坐在上首。今天是五一节，你不但是客人，而且是工人哩。哈哈！”

廿二　两首《菩萨蛮》

一个星期六的下午，锦华和慧修携着手到图画教师李先生房里，去缴本学期最后一张写生成绩。李先生正坐在案头整理学生的图画，一壁和立在案旁的振宇和复初二人谈说着。

锦华、慧修交出了成绩，仍留在房内细看壁间悬挂着的绘画，究竟是画家的房间，画幅时时更换，每次进来看，都有一种新鲜的印象。她们在一幅新装裱的仕女画前面把脚停住了。

那画是一张小条幅，上面画着一个睡在榻上的美丽的少女，云鬓蓬松。睡榻的后方，背景是一排的屏风。全体的情调艳美得很。题款是“×× 兄属写温飞卿词意”与“× 年 × 月 ×××”两行。

两位少女被画中的少女暂时吸引住了，只管立在画前彼此细语，引得振宇和复初也远远地把眼睛移到这幅画上来。

“这幅画是我新近请一个朋友画来的。写的是温飞卿一首词中的意境。王先生还没叫你们读过词吧。我一向喜欢读词。因为词与画有许多共通的地方，尤其是中国画。温飞卿的这首词，叫作《菩萨蛮》，是很有名的。喏，在这里。”李先生拉开抽屉，取出一本张惠言的《词选》揭开来叫大家看。

锦华、慧修走近拢去看，见李先生所指的恰是书中的第一首，那词句是：

小山重叠金明灭鬓云欲度香腮雪懒起画蛾眉弄装梳洗迟　照花前后镜花面交相映新帖绣罗襦双双金鹧鸪

大家看着书在心中默念，觉得有些念不断。有几处好像是七字一句，有几处却不是，终于面面相觑地呆住了。

“哦！你们还没有懂得词的构造吧。词一名[1]长短句，和诗不一样，一首之中每句字、数有长有短。除极短的小词外，每首都分上下两截，叫作‘上阕’‘下阕’。某句应该有几字，因曲调而不同。《菩萨蛮》上阕共四句，每两句同韵，字数是七、七、五、五。下阕也是四句，每两句同韵，字数是五、五、五、五。《菩萨蛮》是这首词的曲调名称，并非这首词的题目。曲调的名称很不少，如什么《长相思》咧，《金缕曲》咧，《浪淘沙》咧，《西江月》咧，统共有八百多种。常用的也不过百

1　一名：又名，又叫。

种左右而已。——我今天又要替王先生教国文了。哈哈!”李先生用了笑声把自己的话做一结束。

锦华依照李先生方才的话再去看那首《菩萨蛮》词，她低声读了一遍，觉得字句虽有几处不十分懂，音节却很和谐，读起来比诗更有趣味。慧修一壁看词，一壁不时回头去看那幅画，想看出画中所描写的是词中的那几句。

“词以表现境界或抒写感情为主，换句话说，词的内容不外是情境。温飞卿的这首《菩萨蛮》，描出一个艳美华丽的境界。词是旧文学中比较难懂的东西，用词比诗和文都艰深。待我把这首词的大意来解释一遍吧。‘小山’就是屏风，矗着的屏风，形状凸凹如山，‘屏山’是诗词中常用的辞类。词中描写一个豪贵的闺秀在早晨起床前后的情形，朝阳射在画屏上闪烁发光。——用‘金明灭’三字多好？——她还睡着未醒，鬓发乱得几乎要盖煞脸上的白色。——‘欲度’二字，就是表现这情况的。——她懒懒地起来，画眉，妆扮，过了许久才梳洗完毕。——‘弄’字用得非常确切。——梳洗好了，这才对镜戴花。——‘前后镜’‘交相映’是戴花时的描写。——后来再换衣裳。——‘罗襦’就是罗衣，‘双双金鹧鸪’是绣花模样。先绣好了模样贴缀在衣服上叫‘帖’。——这首词共只四十四字，却能写出早晨的光景，闺房中的陈设，闺秀的姿态神情，以及画眉梳洗戴花照镜著衣等等的动作，连衣服上的花样都写得活灵活现。我们读这首词，能深深地感受到一个艳美华丽的印象。”

大家听了李先生的讲解，于理解的愉快以外又感到一种新鲜的趣味，都把眼睛注在那本《词选》上，再去看别首词。

“那么这幅画上所写的只是第一第二两句呢。”慧修对李先生说。

“是的。词中描写着许多连续的动作，要在一幅画中完全表现，是不可能的。普通照相与活动电影的区别在此，文章与绘画的区别也在此。绘画与文章都能表现印象，好的文章功效比绘画大，因为绘画只能表现静境，而文章兼能表现动境。王先生已把记事文与叙事文的分别教过你们了吧。绘画是记事的，不是叙事的。”李先生说。

慧修点头，似有所悟到。

“这许多首词，似乎所描写的都是女子的事情，所用的词汇差不多全是关于女子的。我在别的书上也曾见到过词，虽不甚懂得，字面也好像是属于女性的居多。难道词都是这样的吗？”振宇指着书上一连刻着的许多首温飞卿的《菩萨蛮》词问。

振宇的质问，引得其余的人都注意，尤其是女性的锦华与慧修。大家都把眼光向着李先生。

“那也不尽然，”李先生急急地加以订正。“温飞卿原是一个善于作香奁体的诗人，应该特别看待。咿呀，诗词中写女子的时候，往往意思不一定就只指女子，有许多地方却别有意旨，只把意旨寄托在女子的身上就是了。你们曾听到‘香草美人’的话了吧，这典故见于屈原的《离骚》，屈原的写美人，并非一定指美丽的女子，乃是另有寄托的。”

振宇听了李先生的解释，宛如在胸中开辟了一个新境地，觉得平日读过的几首古诗，也于字面以外突然生出新趣味来了。

李先生好像忽然记起了一件什么事似的，把那本《词选》取到手里急急翻动，翻出一首词来指向大家道：

“哪，这是辛弃疾的词，也是《菩萨蛮》的调。你们试读看！”

振宇等走近去看，那首词在《菩萨蛮》的调名下，还有一个题目，叫作《题江西造口壁》，词句是：

郁孤台下清江水中间多少行人泪西北望长安可怜无数山　青山遮不住毕竟东流去江晚正愁予山深闻鹧鸪

《菩萨蛮》调的构造，是方才已经明白了的，读去毫不费事。只是内容仍不甚清楚，大家抬起了头齐待李先生开口。

“辛弃疾是南宋时代的词人，这首词作于江西造口。当时金人南侵，国难严重，宋室就从河南汴梁南迁。当南渡时，金人追隆祐太后的御舟，一直追到江西造口才停止。江西造口是从北至南的要道，人民为避金人的侵略，仓皇从这里经过的当然不计其数。‘郁孤台’是那里一座山的名称。宋室南渡以后，仍不能恢复。作者经过这里，想到当时避难者颠沛流离由这里向南奔逃的情形，家国之感就勃然无法自遏了。于是作了一首词写在壁上。他说：‘江水里大概有许多眼泪是颠沛流离的行人掉下来的吧。要想从这里向西北眺望长安——“长安”是京都的代替词——可怜云山重叠阻隔，虽然明知道故都在西北方，可是望也望不见，莫说回到那里去了。青山遮不住江水，终于任其向东流去，犹如这造口止不住行人，行人毕竟向南奔窜。此情此景，已够怅惘，又值傍晚的时候，江上的暮色更足引动人的愁怀，而山间又传来了鹧鸪的啼声。’你们看，这词里意境何等凄婉！”李先生解释毕，把这首词朗声地读了又读。

李先生的解释和诵读，使几个青年突然引起了对于目前国难的愁思。这首词的刺激性，似乎比平日习见的“共赴国难”“民族自救”等标语，还要深刻些，房间里的空气立时沉重起来。

“巧极了。今天李先生讲的两首词，都是《菩萨蛮》，末尾都用着‘鹧鸪’二字哩。”总算是复初打破了一时的沉默。

“咦！真的。两首《菩萨蛮》里都有‘鹧鸪’。温飞卿的‘鹧鸪’暗示着男女间的情事。‘双双金鹧鸪’说‘双双’就可做男女一对的联想。至于辛弃疾的‘鹧鸪’，意义更深。‘鹧鸪’的叫声不是‘行不得也哥哥’吗？有人说，辛弃疾的‘山深闻鹧鸪’，就是在感叹恢复之事的行不得呢。”李先生补充说。

“原来词是这样意义丰富，这样不容易读的东西！”锦华叹息着向慧修说。

“读词尚且如此烦难，作词更不消说了。”慧修说。

“作词其实也不难，普通的方法就是按谱填写，平仄、字数一一遵守就是。所以作词叫作‘填词’，又叫‘倚声’。在你们，作词已大可不必，只要能读，已经够了。词是我国先代遗下来的文学上的一部分的遗产，我们乐得享受。把古来的名词当作常识来熟读几首，倒是应该的。历代词人的集子不少，读也读不尽，你们读选本就可以了。选本的种类也很多，任拣那一种都可以，选的人眼光虽不同，反正选来选去逃不出顶好的几首。我这一本是张惠言选的，叫作《词选》。”

“我家里有一部《绝妙好词》，还有一部《白香词谱》，先读那一部好？”锦华问李先生。

“这也都是很好的词选。先读《白香词谱》吧。那里面是一百个曲调，每个曲调选着一首词。这一百首都是名作，熟读了这一部，就可记得一百个常见的曲调和一百首好词，很经济。”

“方才先生说，词以表现境界或抒写感情为主，词的内容不外乎情境。今日读过的两首《菩萨蛮》中，温飞卿的一首似乎是以境为内容的，辛弃疾的一首似乎是以情为内容的。不知道对不对？”振宇问。

李先生微笑点头，似乎表示赞许。过了一会又道：

“境与情原是关系很密切的。只写境，言外也可引起情来，要抒情，也不能全离开境。温飞卿的词虽偏重在写境，而艳情已包含在内。辛弃疾的词虽着重在抒情，究竟也不能不写及‘江水’‘山’‘晚’‘鹧鸪’，等等的境。所以还是不要强把情、境分开来说的好。这两首词，如果要说区别的话，原也有着一种很重大的区别。词里面有两种显著的风格，一种是细致的，一种是豪爽的。温飞卿的词属于细致的一类，辛弃疾的词属于豪爽的一类。这个区别比较来得扼要，将来你们多读几首词，自然能辨别出来的。——呀！天快晚了，我还要画《母亲》呢。怎么讲了这许多时候的词！哈哈，我今天又在替王先生教国文了！”

李先生立起身来，从热水瓶中倒出一杯开水一气喝尽，急急地披上了染有许多颜料渍子的画衣，走到画架旁去。李先生画《母亲》已近两个月，一壁画一壁修改，有时自己觉得不惬意，就全体涂消了开始重画，或竟连画布也换过。学生中关心于这幅画的人很多，特别是爱好绘画的慧修。她前几天曾见李先生已在画衣服，全体快要完成的了，这次和大家退出房间，立在门外回头看时，见又换了一个新轮廓了。

“为什么又要重新改画呢？”慧修独自再回进来问。

“将来再告诉你。”李先生停了画笔这样回答。

慧修追上走在前面的三个，兴致勃勃地说：

“把刚才的谈话扼要记下来，寄给乐华看，你们想好吗？”

廿三 新体诗

张大文和周锦华两人从蜜恋到彼此不理睬还是周乐华离开学校以前的事情。真是极其微细的一个起因，不过锦华要到图书室里去看新到的杂志，大文手头正有事做，说了一声“我不想去看”罢了。当时锦华负气，独自跑到图书室里，拿起一本新到的《现代》在手，呆看了半天，也不曾看清楚上面写着些什么。随后大文也来了，凑近她坐下，问她可有好看的小说没有，她便愤愤地说：“你既不想来看，问我做什么！”大文才知道她动怒了，百般地向她解释，她只是个不开口。这使他耐不住了，恨恨之声说：“你是什么心肠？人家好端端向你说话，你却理也不理，好不怄气！”锦华听了这个话开口了，她说：“你去问问自己是什么心肠吧！又不请你到什么不好的地方去，你便推三诿四说不想去。无意的流露最显得出心肠的真面目，总之你不屑同我在一起就是了！”接着是一阵的争辩，直到铃声响了，两人才各顾各地走了出来。其时图书室里并没有第三个人，所以这事情没有立刻被传开去，成为学校里的当日新闻。

第二天早上，他们两人见面了。好像有谁发出了口令似的，两人同时把头旋过一点，把眼光避了开去。这就是彼此不理睬的开端了，以后每一次对面就演这一套老把戏。

渐渐地，这初恋的小悲剧被同学觉察了。有的就同他们开玩笑，说他们从前怎样怎样，现在怎样怎样，多方地揶揄。有的希望他们恢复从前的情分，特地把他们牵在一起，“仍旧握着手吧”“彼此同时开口吧”，这样从旁劝说。无论揶揄或者劝说，效果是相同的，就是把两个青年男女更隔离得远远了。他们觉得被揶揄的时候固然难为情，而被劝说的时候也并不好过：所以能够及早避开，不待面对面的时候才旋过头移过眼光，那是更好的事情。

不久之后，当初的愤激在两人心头慢慢地消散了，这不可解的羞惭却越来越滋长。表现在行动上便是这一个到那里，那一个就不到那里。只有上课时候没法，两人是坐在同一教室里的；然而上课时候有教师在那里，没有人会向他们揶揄或者劝说的。“只怕彼此永远不再有交谈的机会了”，这样的想头，大文曾经有过，锦华也曾经有过。这想头分明含着懊悔的意味，跟在后头的想头不就是“如果恢复了从前的情分岂不很好”吗？他们虽然这么想，可是总被不可解的羞惭拘束住，谁也没有勇气说一声“我们照常理睬吧”；这是一种奇妙的青年心理，为一般成人所不能了解的。

锦华怀着这样的心理度过半年多的光阴，作成了好多首的新体诗，写在一本金绘封面的怀中手册上。这些诗篇一部分是怀想往日的欢爱，一部分是希望将来的重合，而对于目前的对面如隔蓬山，也倾吐了深深的惆怅。她觉得这许多情思是无人可以告诉的，只有写成诗篇，告诉这一本小册子，胸中才见得松爽一点。于是屡次作诗，不觉积有三四十首了。这本小册子平时收藏得好好，从不给人看见。

当举行暑假休业式的那一天，别的同学聚作一大堆，在那里谈论会考的风潮，锦华和慧修两个却在教室里整理零星用品，这本小册子才被慧修在锦华的小皮箱里发现了。慧修趁其不备抢到手里，便翻开来看；“你作了这许多的新体诗，也不给我欣赏欣赏，”慧修这样喊了出来。锦华立即要取还，可是慧修那里肯还她。慧修说彼此的作文稿向来交换看的，新体诗稿无异作文稿，看看又何妨。锦华和慧修交谊原极亲密，这当儿忽然有一个新的欲望萌生在锦华的心头：她不但切盼慧修完全看她的诗，并且切盼慧修看透她作诗的心。她便和慧修要约：不可在学校里看，必须带回去看，又不可转移给旁的人看。这是很容易接受的条件，慧修都答应了，便把这本小册子放进印白纱衫的袋子里。

慧修到了家里，一手挥着纨扇，一手按着小册子，眼光便投射到书面上去。只见题目是《校园里的石榴花》，后面歪歪斜斜写着一排的诗句：

新染的石榴花
又在枝头露笑脸了，
鲜红似去年，
娇态也不差，
为什么不见可爱呢？
去年的花真可爱，
在绿荫里露出热情的脸儿来，
旁听甜蜜的低语，
保证不变的爱情，
她们笑了，
至今似乎还听得她们的笑声。
啊，去年的花真可爱！

“原来是回想他们当初的事情，”慧修这样想着，把书页翻过来，只见题目是《无端》，诗句道：

无端浮来几片黑云
把晴明的天空遮暗了，
无端涌来几叠波浪
把平静的水面搅乱了。
黑云有消散的时候，
波浪也会归于平静。

但是，心头的黑云呢？

但是，心头的波浪呢？

慧修正想再翻过来看，忽见父亲走进室中来了，便爱娇地叫声“爸爸”。父亲新修头发。留剩的头发只有一分光景，差不多像个和尚。他舒快地抚摩着自己的头顶，走近慧修身旁问道：

“你刚从学校里回来吗？在这里看什么东西？”

慧修并没有想起刚才锦华不可转移给旁的人看的约言，却下意识地把小册子阖了拢来，拿在手里，站起来回答道：

“是周锦华作的新体诗稿。”

周锦华常到慧修家里来，慧修的父亲认识她的，他便带笑说道：

“她也爱作新体诗吗？”

慧修的父亲对于一般学艺，见解都很通达，唯有新体诗，他总以为不成东西。他也并不特地去关心这一种新起的文艺，只在报纸杂志上随便看到一点罢了；看到时总是皱起了眉头，不等完篇，眼光就逃到别处去了。此刻提起新体诗，不由得记起了前几年在报纸上看见的讥讽新体诗的新体诗，他坐定下来说道：

“我曾经看见一首新体诗，那是讥讽新体诗的，倒说得很中肯。我来念给你听。”

新诗破产了！
什么诗！简直是：
啰啰唆唆的讲学语录；
琐琐碎碎的日记簿；
零零落落的感慨词典！

“我们国文课也教新体诗呢，”慧修坐在父亲旁边，当窗的帘影印在她的衣衫上，她从口气中间辨出了父亲菲薄新体诗的意思，故意这么说。

“这东西也要拿来教学生吗？真想不到。”

“教是教得并不多，两年中间也不过十来首。”

“这东西怎么好算诗，长长短短的句子，有的连韵都不押；只是随便说几句话罢了。倘若这样也算得诗，我们每天每刻都在作诗了！”

慧修平时和父亲什么都谈，可是不曾谈到过新体诗，此刻听父亲这样说，心里不免想道：料不到父亲反对新体诗的论据，竟和一般人差不了多少。她自己是承认新体诗的，有时并且要试作几首。便用宣传家一般的热心告诉父亲道：

“我们的国文教师王先生是这样说的：诗这个名称包括的东西很多，凡是含有‘诗的意境’的都可以称为诗。所以从前的古风、乐府、律句、绝句固然是诗，而稍后的词和曲也是诗，现在的新体诗也是诗，只要中间确实含有‘诗的意境’。他又反过来说：如果并不含有‘诗的意境’，随便的几句话当然不是新体诗，就是五言七言地把句子弄齐了，一东二冬地把韵脚押上了，又何尝是诗呢？爸爸，你看他这个意思怎样？”

“他把‘诗的意境’来说，我也可以相当承认。但是既不讲音韵，又不限字数，即使含有‘诗的意境’，和普通的散文又有什么分别？为什么一定要叫它做诗呢？”

慧修的父亲说到这样，抬眼望着墙上挂着的对联，声调摇曳地吟哦道：

“不—好—诣—人~~~贪——客—过——，惯—迟~~~作—答—爱—书~~~来~~~。你看，这才是诗呀！”

慧修不假思索，把纨扇支着下巴，回答道：

“关于新体诗和散文的分别，王先生也曾说过。他说诗是最精粹的语言、最生动的印象，普通散文没有那么精粹，所以篇幅大概比诗篇来得多；又并不纯取印象，所以‘诗的意境’比较差一点。这就是诗和散文最粗略的分别。”

她停顿了一歇，更靠近父亲一点，下垂的头发拂着他的臂膀，晶莹的眼睛看着他的永远含着笑意的眉目，爱娇地说道：

“新体诗里有一派叫作‘方块诗’，不但每行的字数整齐，便是每节的行数也是整齐的，写在纸上，只见方方的一块方方的一块，而且押着韵。”

“那我也看见过。一行的末了不一定是话语的收梢，凑满了一行便转行了，勉强押韵的痕迹非常明显。这样的东西我实在看不下去，看了几行便放开了。”

“这是受的西洋诗的影响。”

“西洋的诗式便算是新的吗？”

“我们王先生也这么说呢。他说新体诗既不依傍我国从前的诗和词、曲，又何必去依傍外国的诗。新体诗应该全是新的，形式和意境都是新的。”

慧修的父亲点着一支纸烟，吸了一口，玩弄似的徐徐从齿缝间吐出白烟，带笑说道：

“你们的王先生倒是新体诗的一位辩护士。那么，我要问你了，你们曾经读过比较好一点的新体诗吗？”

慧修坐正了，缓缓地摇动着纨扇，一只手把锦华的小册子在膝上拍着，斜睨着眼睛想念头；一会儿想起来了。

“我把想得起来的背两首给爸爸听吧。一首是俞平伯作的，题目是《到家了》。”

卖硬面饽饽的，
在深夜尖风底下，
这样慢慢地吆唤着。
我一听到，知道“到家了”！

“北平地方我没有到过，但是读了这一首诗，仿佛看见了寒风凛冽、叫卖凄厉的北平的夜景。爸爸，你是住过北平的，觉得这一首诗怎样？”

慧修的父亲点点头，纸烟粘住在唇间，带点儿鼻音说道：

“还有点意思。”

“爸爸，你也赞赏新体诗了！”慧修推动父亲的手臂，满脸的劝诱成了功的喜悦，“再有一首题目叫作《水手》，刘延陵作的，那是押韵的了。”

> 月在天上，
> 船在海上，
> 他两只手捧住面孔，
> 躲在摆舵的黑暗地方。
> 他怕见月儿眨眼，
> 海儿掀浪，
> 引他看水天接处的故乡。
> 但他却想到了
> 石榴花开得鲜明的井旁，
> 那人儿正架竹子，
> 晒她的青布衣裳。

“这一首诗印象极鲜明生动，我非常欢喜它。”

“石榴花开得鲜明的井旁，那人儿正架竹子，晒她的青布衣裳。”慧修的父亲低回地念着，神情悠然，说道：

“这倒是很有神韵的句子。念起来也顺口。像那一首《到家了》，意境虽还不错，只因没有音韵的帮助，我总觉得只是两句话语罢了。”

“我听王先生说，作新体诗的人虽不主张一定要押韵，但自然音节还是要讲究的。那些上不上口的拗强的话语固然不行，便是日常挂在嘴边的普通话语也不配入诗，必须洗练得十分精粹了的，音节又谐和，又自然，才配收容到新体诗里去。”

“只怕能够这样精心结撰的新诗人不多吧，只怕比得上刚才这两首诗的新体诗也不多吧，”慧修的父亲还是表示着怀疑。

“我们学校的图书室里，新体诗集也有好几十本呢。我是批评不来，不能说有几本好几本不好。不过既然出了诗集，里头总该有几首可以看看的。”

慧修说到这里，忽然想起了编辑《抗日周刊》的时候，每次开投稿箱看，投稿的十分之六七总是新体诗的事情。

“爸爸，你还不知道，我们学校里有很多的新诗人呢，有的写新体诗充作文课，有的投寄到报馆和杂志社去。”

“作得像样的不多吧？”

“不多。听王先生批评，加以赞美的很少。”

“投寄出去，不见得被录取的？”

"也有被录取的，不过数目很少。大多数大概到字纸簏里去了。"

"你也去投稿了吧？"父亲用善意的探测的眼光望着慧修。

慧修只怕自己试作的新体诗给父亲看见了被说得一文不值，便连试作新体诗的事也否认了，她用上排的牙齿嗑着下唇，摇一摇头，笑颜回答道：

"我是连作都不作的，那里会去投稿呢？"

"你们中学生无非是小孩子罢了，却大都要作诗，新体诗实在太容易作了！"父亲忽然转为感叹的调子。

"关于新体诗容易不容易的话，王先生是常常说起的。他说你们不要把新体诗看得太容易了。他说随便把几句话分行写在纸上，如果没有'诗的意境'，那是算不得诗的。他说'诗的意境'的得到并不在提起笔来就写，而在乎多体验，多思想。这些话我们差不多听熟了。"

"这些话确是不错，从前作诗的人也是这么主张的，"父亲说着，捻弄着上唇的髭须。

"但是王先生并不反对我们作新体诗。他说你们的生活经验有限，好比小小的溪流兴不起壮大的波涛，作不出怎样好的新体诗来是不足为奇的。他说从前许多的诗人，他们起初执笔的时候，难道就首首是名作吗？他说你们只要不去依傍人家，单写自己的意境，就走上正路了。"

"他倒是很圆通的。"

“我们的王先生真是圆通不过的，他从不肯坚执一种意见，对于什么事情都说平心的话。同学个个和他很好呢。”

“在他的意思，你们将来也许会成为新体诗的杜工部、李太白。”

慧修吻着唇点点头，然后柔声说：

“不错，他说过这样的话。”

“在目前，新体诗的杜工部、李太白是谁呢？”

“王先生说目前还没有。不过他说，新体诗从提倡到现在，才只有十几年的历史，便要求有大诗人出现，未免太奢望了。他说旧体诗的历史多么长久，然而大诗人也只有数得清的几个呀。”

“哈哈，他对于新体诗的前途完全是抱着乐观的。”

慧修说得太起劲了，更矜夸地说下去。

“对于一般新体诗作得不见怎么好，他也有解释的。他说好诗本来像珍珠一样，并不是每采取一回总可以到手的。他说从前的诗人像杜工部、白香山、陆放翁，做的诗都非常之多，然而真是好的也只有少数的一部分；又何怪现在的新体诗不见首首出色呢？”

父亲沉吟了，他想到杜工部一些拙劣的诗篇，又想王先生这个话也是平心之论。一时室中显得很寂静，只听窗外树上噪着热烈的蝉声。

忽然父亲的眼光射到慧修手里，他说道：

“周锦华的新体诗作得怎样，拿来给我看看。”

“爸爸，请你原谅，她和我约定，叫我不要给别人看的，”慧修脸红红地说，执着小册子的一只手便缩到了背后去。

廿四 推敲

乐华在利华铁工厂的训练班里渐渐被认为高才生，受到几个指导教师的奖赞。这原不是什么可诧异的事。一般练习生大都是高小毕业的程度，有几个连高小也没有毕业；而乐华却在中学里读了一年半，并且平时不是马马虎虎的，自然会在侪辈里头露出头角来了。他所画的图样有好几幅堂皇地悬挂在教室里；遇到须做记录或者报告的时候，指导教师又常常指派着他。因此，在同学的眼光里，他差不多是次于教师的可以请教的人物。几个用功一点的人便包围着他，询问这个，讨论那个。他虽然觉得繁忙，精神上却是很愉快的。

一天晚上，夜课完毕以后，乐华正预备回到宿舍里去，却给一个叫作宋有方的同学喊住了。

“乐华，慢一点走，请教你一件事。”

“什么事？”乐华回转头来，窗外射进来的月光正照在他的脸上。

“我作了一篇文字，想请你替我修改一下。”

在训练班里并没有国文的功课，但是这班练习生离开了学校，却从实际经验上感到了读写技能的需要，于是买一些、借一些书籍来阅读，更自己拟定了题目练习作文。其中越是用功的几个越嫌得空闲时间太缺少了，从前那样什么事都不做，只是阅读呀，写作呀，游戏呀，运动呀，真成为遥远的旧梦；而且，近旁没有可以请教的人，一切差不多都在暗中摸索，也是非常寂寞的事。宋有方这一篇文字是在夜课之后就寝以前写的，连续写了三四个晚上，才算完了篇。他自己不知道中间有什么毛病，心想乐华或者可以给他一点帮助，故而请乐华替他修改；这还是第一次呢。

"什么题目？"乐华接宋有方的稿纸在手，见第一行写着"机械的工作"五个字，又问道：

"你在这一篇里说些什么话呢？"

"我说机械的工作比人快，比人准确；工人的职务只在管理机械。这个意思当然很平常，然而是我自己的经验，所以把它写出来，借此练习作文。不过一下笔困难就来了。几句话同时在脑子里出现，不知道先写那一句好。平常说话说了就算了，似乎没有什么疑问，现在要把话写到纸面上去，这样说好呢还是那样说好，疑问便时时刻刻发生了。还有，要把一种比较复杂的东西说明白真是不容易。这一篇里说起自动车床，想了好久才写下去，我自己觉得还是没有说明白。"

说到这里，宋有方用诚挚的眼光看定乐华，恳切地说：

“谢谢你，破费一点工夫，替我修改一下吧！我要知道那一些地方不该这样说，应该那样说；更要知道为什么不该这样说，应该那样说。这并不要紧，随便什么时候交还我、指点我好了。我没有先生，我把你当作先生吧！”

乐华紧紧执着宋有方的手，回答道：

“把我当作先生的话，请你千万不要说；你要这样说，便是拒绝我的效劳了。我所知道的，我所能够看出来的，一定尽量告诉你。”

宋有方的眼睛里放出欢喜和感激的光，重复地说：

“谢谢你！谢谢你！”

乐华便转身向电灯，看宋有方的文字。

一般人站在精美的机械旁边，赞美道：机械真像个活人，不过是用铁铸成的，不是由血和肉生成的。

机械比人强得多了。这个话是不对的。机械倘若和人一样，用人好了，用机械做什么？机械工作比人快，又比人准，力量又大到不知多少倍。

机械不只有两只手。人只有两只手。人要机械有几只手，就可以做得它有几只手。

两种工具，人不能同时一同拿。机械便能够同时一同拿，就是几十种工具，也可以同时一同拿。

同时一同做两件事情，人是办不到的，一壁拉锯，一壁推刨，大家办不到的。这样的工作机械办得到。

我们只要看自动车床好了。我们把铁棒装上去，机械就前前后后做着工作。三把粗凿子把铁棒做成一根螺丝杆，三把细凿子把螺丝修好。一把专做螺丝头的凿子做成螺丝头，一把刻螺丝的凿子把那一头也刻了螺丝。末了一把切刀切一下，螺丝棒切下来了。这些动作快得很，眼睛总没有那样快。

一件工具做着工，别件工具并不等的。这架机械共有九件工具，九件工具是同时一同工作的。切刀切第一根螺丝棒下来的时候，刻螺丝的凿子正做第二根，专做螺丝头的凿子也正做第二根，第三根在细凿子那里，第四根在粗凿子那里。

人能够做这样的工作吗？不能的。

我们工人做什么呢？我们只须把铁棒装上去，做好了螺丝杆，拿开去。这样看来，机械反而像个老手的工人，我们工人反而像个助手了。不过不同，机械像个老手的工人究竟没有心思，我们工人像个助手然而有心思，机械要用我们的心思去管理的。

乐华看罢，带笑向宋有方说道：

“你这一番话说得很有意思。待我细细看过几遍，替你修改好了。明天晚上一准交还你。”

“明天晚上吗？”

宋有方虽然说过并不要紧，但听得明天晚上一准交还的话，不禁高兴得涨红了脸。

第二天晚上，训练班的功课完毕，同学都走散了，只乐华和宋有方留在课室里。窗外的月色和前一天一样地好，秋虫声闹成一片。

乐华将宋有方的原稿和另外一份稿纸授给宋有方道：

“你这一篇分段很清楚；只是有些话嫌得累赘，有些话却含糊不清，又有些字眼用得不很适当。凡是我能够看出来的都替你改了。因为勾勾涂涂看不清楚，索性另外写了一份在这里，请你先看一下，再来给你说为什么要这样改。”

宋有方欢喜万分，眼光落在乐华的改稿上，是铅笔写的二三十行行书。

一般人站在一架精良的机械旁边，往往赞美道：“真像一个铁铸的活人。”

这个话是不对的。倘若机械只和一个人一样，那么人为什么要用机械呢？机械比人强得多了：做起工作来比人敏捷、准确、有力到不知多少倍。

人只有两只手。但是机械可以如人的意，人要它有几只手就有几只手。

人不能同时拿两种工具。但是机械不要说两种，就是几十种也可以。

人不能同时做两件事情，一壁拉锯，一壁推刨，是谁也办不到的。但是机械办得到。

我们看自动车床好了。把铁棒装上去；机械就顺次做着工作。先是三把粗凿子把铁棒做成一根螺丝杆，接着三把细凿子把螺丝修整。于是一把专做螺丝头的凿子把一头做成螺丝头，一把刻螺丝的凿子把另一头也刻上了螺丝。这就只剩末一步的工作了：一把切刀把做好了的螺丝杆从铁棒上切下来。这些动作都是很快的，我们在旁边看，眼睛总跟不上车床的动作。

这架机械使用九件工具。一件工具做着工，别件工具并不停在那里等。原来九件工具是同时工作着的。切刀把第一根螺丝杆切下来的时候，刻螺丝和专做螺丝头的凿子正做着第二根，细凿子正做着第三根，粗凿子正做着第四根。

人能做这样的工作吗？

站在机械旁边的我们工人干些什么呢？我们只须把铁棒装上去，把做好了的螺丝杆收拾起来罢了。这样，机械好像熟练的工人，我们工人反而像个助手了。

不过究竟有点不同，因为那熟练的工人并没有意识，一切须由助手管理、指挥的。

“太费你的心了。其实就在我的稿纸上修改好了，何必全体誊一过[1]呢。”宋有方看完了，眼光还是逗留在纸面上。

“这并不费什么事的。”乐华和宋有方并肩站着，一只手帮他执着稿纸，说道：

“我们把两份稿纸对比着看吧。先看第一段。‘精美’和‘精良’意义虽差不多，可是‘精美’比较偏在形式方面，形容一件艺术品或者一间房间的陈设，那是很适合的。现在形容一架机器，不只说它的形式，连它的工作效能都要说在里边，那就用‘精良’来得适合了。你那句赞美的话太噜苏。现在我替你改为‘真像一个铁铸的活人’，意义并没有减少，然而简练得多了。”

宋有方只顾点头，眼光在原稿和改稿上来回移动着。

“我们再看第二段。要说那样赞美的话是不对的，应该紧接第一段，在第二段开头就说。你却先说了‘机械比人强得多了’，再说‘这个话是不对的’，就成为否认‘机械比人强得多了’这句话了。不是和你的原意正相反背吗？因此，我替你把‘这个话是不对的’提前；把‘机械比人强得多了’

1　一过：一遍。吴地方言。

移后，作为叙说机械的好处的总冒[1]。你的原稿叙说机械的好处连用两个‘又’字，累赘而没有力量。试辨一辨看，说‘做起工作来比较敏捷、准确、有力到不知多少倍’是不是好一点？”

“唔，好一点。——不止好一点，好得多了。”

“第三、四、五三段都是说人只有什么、只能怎样，而机械远胜于人；所以这三段的形式应该相同，都得用一个‘转折连词’，现在我一律用了‘但是’。话语我都替你改得简练了。第三段的说法尤其要注意，似乎比你的说法稳健了，你觉得吗？还有，‘同时’和‘一同’意义相近，叠用在一起便是毛病，单用‘同时’好了。

“第六段的第二句你用了一个很不适当的‘副词’，便是‘前前后后’。我们说‘前前后后围着河道’，或者说‘前前后后都是敌兵’，可见‘前前后后’是一个表示方位的‘副词’，在这里是用不到的。你原来是顺次的意思，为什么想不起‘顺次’这两个字来呢？”

“经你说破，我也知道应该说‘顺次’的了。可是当初脑子弄昏了，无论如何想不起这两个字来。”

“你写自动车床的动作，没有把先后的次序提清楚，就好像各种动作是同时并做的了。你看我替你加上了‘先是’‘接

1　总冒：总括。

着’‘于是’‘这就只剩末一步的工作了’，不就把各种动作的次序说明白了吗？你昨天说，自己觉得没有说明白，原来毛病就在这些地方。”

“不错，照你替我改的看来，就很明白了。”

“第六段的末了是一句含糊的句子。上面说‘这些动作快得很’，下面为什么忽然说到了‘眼睛’？又为什么说到了‘眼睛’的快慢？粗粗看去，意思是可以懂得的，越加细想便越糊涂了。现在我替你加上了一句‘我们在旁边看’，点明白是去看这些很快的动作，然后接上去说‘眼睛’，便不嫌突兀了。‘眼睛总跟不上车床的动作’和‘眼睛的动作总没有车床那样快’意义相同，但前一个说法用了‘跟不上’，话语就比较灵活有趣味了。

“第七段仍旧说自动车床，所以我把‘这架机械……’这一句提在前头。其余都是些小改动。第八段的‘不能的’可以省去，因为这种反问无须乎回答，谁都知道‘不能的’了。

“末了一段说我们工人把螺丝杆拿开去，并不切当，我替你改为‘收拾起来’。前一个‘反而’是多余的。‘老手’改为‘熟练’，似乎意义周密一点。末一句也犯噜苏的毛病，照我这样说，已经很明白了。”

宋有方索性坐了下来，把稿纸铺在桌子上，埋着头反复细看，回味乐华所说的一切。歇了好一会，才抬起头来，热望地说：

“隔几天我再作一篇请你修改，可以吗？”

“当然可以，”乐华亲切地握住宋有方的手。

青纱一般的月光披在他们两个的肩臂上。

廿五 读书笔记

星期六下午第一时上课钟已经打过，第一中学图书室门口这里那里三五成群地聚立着三十个光景的三年级学生。图书室面前的梧桐已落叶了，葵扇样的黄叶不时飘打到瓦檐上，再翻下庭间或廊间水门汀上，“的搭”[1]有声。一群男女青年沿着无力的太阳光，把头齐向着教员宿舍的总门。各级的教室中远远地传来了点名和开讲的声音。

“王先生为什么还不来呢？”锦华把方才从地上拾起来的梧桐叶拈动着自语。

“也许在找寻管图书室的张先生吧。此刻原不是图书室开放的时候。”大文说。

锦华与大文的交口，在知道他们的过去的人都觉得惊奇，大家都把盼待王先生的目光转移到他们身上来了。慧修却故意离得远远的，暗露微笑，深喜自己苦心的不空费，原

1　的搭：即为嘀嗒。

来她曾以好意背了锦华的约束，将锦华的新诗告诉过大文，日来在二人中间颇尽了疏通之力的。

不一会，王先生果然邀同了管图书室的张先生从教员宿舍中急急地出来了。张先生取出钥匙开了门，就招呼大家进图书室去。

新近，王先生把作文的时间分出一半叫学生试写读书笔记。读书笔记在这班学生们尚是初试，昨日，第一次的笔记簿发还时，王先生认为样子不像，约定今日大家到图书室去上课，来实际说明关于读书笔记的种种。图书室原是学生们常去的，在里面上课的事，却从未有过，因此大家更觉得高兴得很。大文、锦华走进图书室的大门时，彼此面面相觑，似乎感慨多端的样子，他们为了怕引起往事的枨触[1]，已有大半年不踏进这两扇门了。

全体在长长的阅览台旁围坐以后，王先生从衣袋中取出预先写好的书单子来，和张先生两人向书架上去检书，一霎时，王先生的坐位前堆满了许多的书册子。王先生从书堆里取出两部书略加翻动。大家凝视着成堆的书册，静待王先生开口。

“现在先讲笔记。古今人所作的笔记，真是数也数不清，仅就我们图书室所备的说，已有一二百种了。书名有的就叫

1　枨（chéng）触：触动。

什么‘笔记’，有的叫什么‘随笔’，有的叫什么‘录’，有的叫什么‘钞’，此处还有别的名目。这些笔记，普通都是作者有所见到，随时写录，有的记述见闻，有的记述自己的感想，有的记述读书心得，内容非常复杂。这里有两部极普通的随笔，一部是清人梁绍壬的《两般秋雨庵随笔》，一部是清人姚元之的《竹叶亭杂记》，你们看，其中就是什么都有的。其中我折着的几页，都是以书本为对象的，可以说是读书笔记了。你们大家传观吧。”

王先生说着，把几册《两般秋雨庵随笔》交与坐在他左旁的志青，又把几册《竹叶亭杂记》递给坐在他右旁的振宇，叫他们顺次传阅。自己仍俯下头来把堆在面前的书抽来一本一本地急急翻动，或把书角折叠。

学生们一一传阅，不一会那两部书又回到王先生面前了。

“笔记的性质与样式，大概已明白了吧。现在再来专讲读书笔记。方才说过，普通笔记之中有关于读书心得的记述，这可称为读书笔记。笔记书类之中，尽有不记别的，专记读书心得的。这种纯粹的读书笔记数量也着实不少。比较古的有宋人王应麟的《困学纪闻》。这里面全体是一条一条的读书笔记。古人所读的书不外经史子集，所以他们所写的笔记，当然都是关于古典的东西。你们未曾多读旧书，看了也许不感兴味。但其中有一部分也很浅易，你们可以懂得。”王先生说着，把一本《困学纪闻》翻开方才折叠了的一页，指示给在左旁的志青，叫他们顺次传阅。

大家看时，那是其中很短的一条：

> 古以一句为一言。《左氏传》："子大叔九言。"（定四年）《论语》："一言以蔽之，曰：思无邪。"秦汉以来，乃有句称。今以一字为一言，如五言六言七言诗之类，非也。

一本《困学纪闻》回归到王先生手里以后，王先生又取过几册别的书在一处，继续说道：

"《困学纪闻》是一部比较古而有名的读书笔记，方才给你们看的这条是讲'句'与'言'的分别的。《困学纪闻》以后，读书笔记有名的有杨慎的《丹铅总录》，顾炎武的《日知录》，赵翼的《廿二史札记》，王鸣盛的《十七史商榷》，王念孙的《读书杂志》，王引之的《经义述闻》，钱大昕的《十驾斋养新录》。此外还有很多很多。其中有专就'经史子集'四部的老分类法专攻讨一部的，如赵翼的《廿二史札记》，王鸣盛的《十七史商榷》，就是只关于史的笔记，王引之的《经义述闻》，就是只关于经的笔记。更专门的还有只关于一经一史的笔记书。现在且以王念孙的《读书杂志》与赵翼的《廿二史札记》为例子，大家来读一节，看看样子吧。"

王先生取一本《廿二史札记》翻开那折了角的一页，交给志青，又将一本《读书杂志》翻出一页来指示振宇，叫他们左右传阅。自己立起身来去和张先生谈话。

在《廿二史札记》里，王先生所指给大家看的题目是《唐人避讳之法》的一条：

> 唐人修诸史时避祖讳之法有三：如“虎”字、“渊”字，或前人名有同之者，有字则称其字，如《晋书》公孙渊称公孙文懿，刘渊称刘元海，褚渊称褚彦回，石虎称石季龙是也。否则竟删去其所犯之字，如《梁书》萧渊明、萧渊藻，但称萧明、萧藻，《陈书》韩擒虎但称韩擒是也。否则以文义改易其字，凡遇“虎”字皆称猛兽，李叔虎称李叔彪，殷渊源称殷深源，陶渊明称陶泉明，魏广阳王渊称广阳王深是也。其后讳“世”为“代”，讳“民”为“人”，讳“治”为“理”之类，皆从立义改换之法。[1]

在《读书杂志》里所指定的是《荀子》中的“不立”一条：

> “君子疑则不言，未问则不立。”念孙案：“立”字

1　本篇几处引文，原文为无标点加句读格式，今为方便读者阅读，编辑根据文义加上现代标点。

义不可通，“立”亦当为“言”。(下文“未问则不立”，同。)“疑则不言”“未问则不言”，皆谓君子之不易其言也。《大戴记·曾子立事篇》:“君子疑则不言，未问则不言。”此篇之文，多与曾子同也。隶书“言”字或作“音”(若“詧”作“詧”、“詹”作“詹”、“善”作“善”之类皆是)，因脱其半而为“立”(《秦策》“秦王爱公孙衍，与之间有所言”，今本“言”讹作“立”)。杨曲为之说，非。

大家看了，文字内容都尚能懂得，可是因为佩服前人读书的炯眼，好比乡下姑娘见了大家闺秀，自愧相差太远，都不免露出“望洋兴叹”的神情来。

王先生又捧了一大叠的书出来，除线装书之外，还夹着几本新的洋装书。

“怎样？方才我所指出的几条，你们是看得懂的吧。——古人所作的读书笔记，普通都是关于经史子集的。另外还有一种，是专关于诗词的，叫‘诗话’或‘词话’，这也可说是读书笔记。词话不多，古今人所作的诗话数量却不少。这里有一部《苕溪渔隐丛话》，是比较古而有名的东西，我指出一条给你们看吧。”王先生翻出一条来，指示志青，叫他依次传递过去。

那是《苕溪渔隐丛话》前集卷二十七中的这么一条：

鲁直诗云："黄花晚节尤可惜，青眼故人殊不来。"与魏公"且看黄花晚节香"，皆于黄花用"晚节"二字。盖草木正摇落之时，惟黄花独秀，故可用此二字。

这条笔记的内容与文字比较浅易，大家自然更没有什么困难了。

"读书笔记的式样与轮廓，应该已懂得了吧。这类笔记，现代人作的也很多，不过大概都收在文集里，不是单行本罢了。这里有周作人的《谈龙集》，俞平伯的《杂拌儿》和胡适的《胡适文存》，其中就有许多关于读书的文字。你们但看目录吧，如《杂拌儿》里的《〈孟子〉解颐零札》《〈长恨歌〉及〈长恨传〉的传疑》，《胡适文存》里的《尔汝篇》，《吾我篇》，《诸子不出于王官论》，但看题目，就可知道是属于读书笔记的文字。"王先生说着，把方才取来的几部新式的洋装书的目录递给大家看。

外面已打下课钟，王先生说不休息了，叫大家任意取台上的书翻阅，看看各种书的卷数和式样。随后他亲自把书一种种地叠好，叫大家相帮着去送还张先生。到第二班上课钟响时，台上已一本书都没有了。

"你们看了方才这些读书笔记，觉得怎样？"王先生待大家围坐了以后这样问，说时把目光向各人遍转。

"我觉得我们从前没有把笔记和读书笔记分清楚，大家在笔记簿上所写的，有许多都是与书无关的，或是极浅薄的空谈。今天看见了这些真正的读书笔记，式样是已经懂得了，可是这种笔记我们恐怕尚不配作，因为我们读书太少了。”慧修说。

王先生略微把头点了一点，说道：

“看了前人的读书笔记的精严，知道自己的所作的不合式，这是对的。但因前人读书笔记写得好，自己怕难，说不配写，这却大可不必。前人所读的书和你们中学生所读的不同。你们有你们的书在日日读着，如果你们的读书不是浮光掠影的，必能随时有所见到，把见到的写出来，就是你们的读书笔记了。读书要精细，才能写得出读书笔记，反过来说，试写读书笔记，也就是使读书不苟且的一种方法。我的叫你们试写笔记，用意大半在此。”

慧修听了王先生的话，俯首似在沉思。其余的人也噤不开口。

“请王先生给我们讲些具体的例子，我们还不知道什么材料是值得写笔记的。”振宇说。

“好！”王先生说。“笔记的材料，可大可小，小的只着眼于字或辞。如方才《困学纪闻》中的一条，只说‘言’字与‘句’字的区别，《读书杂志》中的一条，只论断‘立’字是‘言’字之误，《苕溪渔隐丛话》中的一条，所论的亦只‘黄花’与‘晚节’两辞类的关系。至于《廿二史札记》中的《唐人避讳之法》一条就不同了，那是就了避讳的一件事，整个地加以考察，把唐人所作的史书全体网罗起来加以论断的，范围就大了。你们平日阅读的时候，可加探讨的事项其实是很多的。例如，你们已知道'所'字的意义了，但是'所'字有几种用法，你们知道吗？如果能够随处留意，遇到新的用例，归纳起来，不是一条很有意义的笔记吗？又如，有些文章读起来觉得雄健，有些文章读起来觉得柔婉，你们是知道的，但怎样才会雄健，怎样才会柔婉，这条件你们知道吗？如果能把这关心，去多读雄健或柔婉的文例，发现出若干法则来，不是很好的笔记吗？又如，你们是喜欢读小说的，小说开端和结末几行的文字，作者往往费过许多苦心才下笔。你们看过许多小说了，开端或结末共有多少写法，也不妨当作笔记写记出来。又如，你们读了某篇文章，某首诗或词，觉得其中有几句是好句，如果你们能说出其所以好的理由，写出来也是笔记。此外如阅读时对于书中的话有疑点，或与你们自己的生活有可相印证的时候，也都不妨写记出来。读书笔记的材料随处都是，大家尽可随意选取，决不愁没有的。"

"经王先生这么一说，我们已知道着手的方面了。可是我们学识有限，这样写记出来的东西，也许都是别人说过了的陈套哩。"复初说。

"这不要紧。只要你的见解不是抄袭别人，完全出于自己思索的，那与人家说过不说过毫无关系。写笔记的本意，原为了自己记述读书的心得与研究结果，以备将来的查考与运用，并非像书简或传单似的预备给人看的。自古以来，读书笔记当作书籍刊行的原很多很多，可是写作者当时的目的绝不在乎刊行。你们是中学生，写笔记只是一种学习，当然不必以发明发现自期。你们不是在学习代数与几何吗？我告诉你们，那里面无论任何一个公式、一个定理、一个问题，都是数千年的陈套，都是人家早已知道了的东西啊。哈哈……”

王先生的话引得大家都笑了，复初也自己觉得可笑起来。室中的空气因此松了许多。

“读书笔记是读书时的一种判断，似乎应该用了作议论文的态度去写。不知道对不对？”大文问。

“对！对！”王先生点头。“议论文照例是须有证据的，不能凭空瞎说。方才给你们看过的四则笔记，都引着两个以上的例子做凭证，例证愈多，论断就愈精当。你们第一次的笔记所以不好，大半就是因为没有例证。你们之中有好些人只把读过的书摘抄了几行或是几句，说很好或很不好。你们想，这有什么意义？”

一座的人都又笑起来了。

王先生待大家停了笑，又继续说道：

“读书笔记虽是议论文，全体却须简洁，和普通的议论文不同。读书笔记不须辞藻修饰，以简短朴实为宜。除了论断、理由、例证以外，不必多说无谓的话。这是你们看了方才所举的几个例子，也可知道的。”

学生们正听得起劲，忽然门外传进了“王先生”的叫音，接着是下课的钟声。

“那里寻不到！原来在这里。王先生，电报！”号房气喘喘地跑进来说。

学生们正预备退去，听到“电报”二字，以为王先生有了事故了，暂时都立着不走，目光齐向王先生注视。王先生拆开电报看毕，见学生们都现着不安的神情，笑说道：

“没有什么。是一个在福建教书的亲戚发来的，说已出战区，不久就回来。自从福建事变以来，我很挂念他，现在总算放心了。唉，在中国差不多每年要逃难，怎么好啊！——这位先生是研究修辞学的，有机会时，我想请他来讲演一次呢。”

廿六　修辞一席话

王仰之先生邀他的亲戚赵景贤先生来校对三年级学生作关于修辞学的讲演，已是学期试验快要开始的时候。时间是授课最末一星期的星期四下午三时，地点就在三年级教室。

自从前数日王先生在授课时报告这消息以后，学生们就非常高兴，巴不得这日期快到。有些学生且到图书室去借阅关于修辞学的书类，以期收得预备知识，听讲时可以格外容易了解。

届时，王先生陪了赵先生到教室来了。学生全体起立致敬。王先生叫志青、复初二人担任记录，说了几句介绍词，就请赵先生讲演。

这位赵先生年龄和王先生差不多，朴素的衣服，和蔼的神情，一望就知道是位好教师。他开端说了几句谦虚的话，又说自己才从战地归来，心绪未宁，恐讲不出好成绩来，既而就讲到本题上去。他先取粉笔在黑板右端写了“修辞学”三字，说：

“修就是调整，辞就是语言，修辞就是调整语言，使它恰好传达出我们的意思。事情极平常，可以说是日常茶饭事，同时，亦极切要，和吃饭喝茶一样，是我们大家早晚不能缺少的。

“所谓调整语言，乃是依照了我们的意思去调整。我们所想发表的意思如有不同，被调整的语言便该有不同，假如世间有千千万万的意思，照理便该有千千万万的调整方式。我们只好随机应变，不能笼统固执。不过许多小异之中，也尽有大同的成分存在，倘若除去小异抽出大同，也未始没有若干条理可讲。所谓修辞学，便是在依照意思调整语言这一件事情上面，把那千千万万具体的说话与文章中的千千万万小异抽去，将一些大同抽出来详加研讨的学问。简略地说，就是说述依照意思调整语言的一般现象的一种学问。”

赵先生说到这里，略一停顿，在黑板上加写了“消极修辞与积极修辞”数字，随又继续说道：

“方才所讲的是修辞学的意义，以下再讲修辞学的本身。

“作文或说话，普通总不外两件事：一是‘说什么’，一是‘怎样说’。‘说什么’就是内容，‘怎样说’就是形式或方法。内容与形式或方法，其实不应分开来说。‘说什么’与‘怎样说’有关系，‘怎样说’与‘说什么’也有关系。从修辞学看来，‘怎样说’处处都得依据了‘说什么’来确定。

“假如说的东西是抽象的，知识的，如诸君所学习的算学之类，那么只要说得明明白白，没有不可通、不可解之处就可以了。这时的注意，几乎整个都在乎语言文字的意义，但求意义上没有毛病，这在修辞学上叫作消极的修辞。

假如说的东西是具体的，情绪的，例如我想把这次自己在福建逃难的情形写成一首诗，那就不但要把意思说得很明白，还要把情景说得很活现；运用语言或文字的时候，不但须消极地把意义弄正确，还须把语言、文字的声音乃至形体也拿来运用。情境有感觉性，是意思的感觉的要素，语言、文字的声音或形体也有感觉性，是语言、文字的感觉的要素。形容战地人民的恐慌，从来有'风声鹤唳草木皆兵'的名句。这句子之所以为名句，就因为不抽象地说恐慌，利用着周围的情境风、鹤、草木等等的缘故。至于语言、文字的声音与形体，运用得适当，更有利于表现。'风萧萧兮易水寒''风飘飘兮吹衣'，这两句古文句，诸君是知道的吧。一句很悲壮，一句很闲适。同是从风说起，所以如此不同者，不得不说和'萧萧'与'飘飘'的声音有关系。这是就了声音说的。至于形体，范围更广，凡句语之构造、排列以及文体的选择等皆是属于形体的事。这样利用了感觉的要素，积极地使所说、所写的语言增加力量的事，在修辞学上叫作积极的修辞。"

赵先生说到这里，又把话暂停，取了粉笔回头在黑板上续写"两种修辞方式的用处"一行。再重新开始他的讲演：

"消极修辞与积极修辞的区别，想来诸君已明白了。这两种修辞方式用处是不同的，我们如果有意于修辞，首先不能把这两种手段用错。同是一个字，在只可用消极手段的如算学之类的文语中，只能呆板用，而在可用积极手段的如诗歌及其他的文语中，却可灵活用。例如一个‘千’字，在算学中一定是比九百九十九多了一，比一千零一少了一，绝不是九百九十九，也不是一千零一。而在诗歌中说‘千山万水’的时候，则并不能像这样一般看。我们平常说‘千不该万不该’的时候，也如此。这所谓‘千’，只是表示多的意思而已。因为‘千’比‘多’较具体，所以就用‘千’来代‘多’了。这种方式在说具体的、情绪的东西的时候，只要不妨碍意思的明白，是不妨用的，可是在以明确为主的如算学之类的文语中，却绝对不能用。这是修辞学上的大条理，非首先遵守不可的。”

赵先生又把话暂停，回头去写黑板了。他的讲话步骤精严，条理不乱，很能吸引学生的注意力。全室中的三十多个人头没有一个转动的，大家只是眼看着黑板上新写好的一行“积极修辞与情境”静待再听。

“以下应该讲修辞的各种方式了，”赵先生继续说道。“修辞的方式，普通叫作辞格，很多很多，如什么拟人格咧，层递格咧，一一列举，不但不胜其烦，也难得要领。我在这里想对诸君提出情境二字。修辞在一方面固然与所说的事情有关系，在一方面也与说那事情时所感受到的情境有关系。这情境二字包含很广，不只所说事情的形相、环境包含在内，就是说者与听者的关系以及说者所居的地位、所处的时代、所有的心情乃至说话的上下文的关系也都包含在内。情境与修辞，关系非常密切，不论在消极修辞或积极修辞。诸君所用的算学书，不是用现代语写的吗？这也不外乎是顾到情境的一种现象。因为写的、看的都是现代人，用现代语比较明白的缘故。算学书之类，性质是抽象的，知识的，所注意的只是消极修辞，利用情境之处尚有限，与情境关系最多而最可利用的当然是积极修辞。

“积极修辞中所用的各种方式或各种的格，都以适合情境为条件。换句话说，就是应看情境而运用。譬如我们对于尊上的人说要死应说什么‘不可为讳’，在绅士社会里说小便、大便处要说什么‘盥洗室’‘更衣室’，在病院里说陈尸入殓处要说什么‘太平房’，这种说法在修辞上叫作‘讳饰格’，是在难言或不便明言的情境中自然发现的一种修辞方式。反之，因了情境可以放言无碍的时候，我们又会用张大其辞的说法。说小会说什么‘渺沧海之一粟’，说长会说什么‘白发三千丈’，说难会说什么‘比骆驼穿孔还难’，说易会说什么‘如反掌’了，这种说法在修辞学上叫作‘铺张格’，和方才所说的‘讳饰格’情形恰恰相反。什么情境之下该讳饰，什么情境之下可铺张，不可弄错。对赤脚的农民说便所为‘更衣室’，在身体检查单上写‘白发三千丈’，便可笑万分了。”

赵先生的话引得大家都哄笑起来。赵先生把话暂停了一会，待大家止了笑又继续道：

“修辞学上的辞格，名目繁多，无一不以情境为条件。如果能着眼于情境，不一一在琐碎地方讨究也可以。这些辞格之中，有许多是相共通、相关联的。例如方才的‘铺张格’，所谓铺张，就是张大，张大是就这种说法的作用说的。有时作用相同，构造可以不同，辞格的名目也就改变了。‘白发三千丈’就作用说是铺张，构造却不过是平常的句法，即所谓平句。至于‘如反掌’，作用也是铺张，就其构造说，却属于修辞学上另外的一种方式。这种方式叫作‘譬喻’，也是我们说话、写作的时候常用的。如‘犹火也’‘乱如麻’，通常句中都用着‘如’‘犹’等字以表示两种事物的相像，使听者、读者可因了较亲近、较熟悉的另一事物领略某事物的状况。有时太过明显，将这‘如’‘犹’等表示相像的字略掉也可以。例如，我这次在福建逃难，如果把情形写记出来，也许会用到‘枪林弹雨’的话。‘枪林’就是‘枪如林’，‘弹雨’就是‘弹如雨’，可是‘如’字已略掉了。虽没有‘如’字，人家也绝不至于误解枪真作怪而成林，弹真变异而为雨。在不至于误解的情境中，有时更可省略，单把譬喻留着，将本文完全略掉。如说这次内战为‘阋墙’，便是最简省的譬喻的说法。修辞学上对于这三种譬喻，各有各的名目。如上文有‘如’‘犹’等字的叫‘明喻格’，略掉‘如’‘犹’等字的叫‘隐喻格’，像最后一个省至无可再省的叫‘借喻格’。

辞格名目繁多，其间互相共通关联的情形，因了方才的话，想可明白了。现在再来讲一个关联的例子。方才所讲的譬喻，目的在‘以其所知喻其所不知’，是使人于两种事物之间认识相似之点，感到一种调和的。与调和相反的还有对比。调和的作用在叫人发现同点，对比的作用在叫人发现异点。把相反的事物放在一起说，使它们交映相辉，事物的异点就分外显出了。这种修辞方式叫作‘映衬格’。例如说‘君子喻于义，小人喻于利’‘君子和而不同，小人同而不和’这样把君子和小人对照起来说，就可叫人看清分别，不致混同了。”

赵先生讲到这里，又拿起粉笔来在黑板上接写“几种常用的辞格”一行。把“讳饰”“铺张”“明喻”“隐喻”“借喻”“映衬”这几个名目也附注在旁边。接续又另行写“作风”二字，说：

“修辞学上的辞格名目烦琐得很。依据了情境，用了共通关联的眼光去看，不难得到要领的。修辞学还应讨论到作风，现在要就作风来谈谈。作风也称风格，诸君读别人的文字，不是感到情味不同吗？有的觉得读去很松快，有的觉得读去很诚挚，有的觉得幽默，有的觉得冷酷。这种不同，就是作风的不同。作风是什么呢？

我们平常说话、作文，总有内容，这内容二字，范围可以狭，可以广。如果包得狭，单指所说的事情，如果包得广，便连方才所说的情境也包括在里面。譬如我今天对诸君讲修辞学，诸君于受到修辞学的知识以外，还会收得许多东西。我的讲话的态度、姿势、口气等等也都可以和修辞学的知识同时被吸收到诸君的心目之中吧。同样这几句话，今天如果换一个人来说，在诸君心目之中的印象也许会不同吧。这就是作风的不同了。作风可以说就是说话者的风度的表出，是在生活上、品性上有着很深的根源的。没有深刻的生活，绝不会有深刻的作风，没有幽默的天性，绝不会有幽默的作风。生活——日常的或学术的——从作品讲，是作品的源头，从修辞的技术讲，也是修辞技术的源头。从这源头上着力，才算不是舍本逐末的努力。”

赵先生愈讲声音愈高起来。讲到这里，又回转头去拿起粉笔来大大地在黑板上写道：“一般人对于修辞的误解”。

“寻常讲到修辞，总以为就是雕琢粉饰一类的玩意儿。这是一个严重的错误。我国古来有许多文人从事袭用词藻，在文字的表面形式上用功夫，其实只是所谓雕虫小技而已。五四以来的文学运动，在消极方面所做的就是破除这一类的玩意儿。这工作表面上是消极的，实际却是积极的。正像反对女子缠脚一样，看似消极的，对于女子身体的健全与健康却是积极的。诸君是初中三年生，初中并无修辞学一科。我今天所讲的只是一个大略的轮廓而已。这些大略的知识，也许可以助诸君读书时的理解与鉴赏，供写作时的参考与运用吧。但希望能致力于生活上的修养，从生活的根源立脚来做修辞工夫，切勿误信说话与写作可以雕琢粉饰取胜的。错误的修辞见解，古来固然多，现代也不少。正如古来女子有三寸金莲、现代女子有高跟皮鞋一样。”

天已快晚，赵先生的讲演就在笑声与拍手声中结束了。

廿七 文章的组织

初春的一个星期日的下午，第一中学的会堂里坐着满堂的听众，都是男女学生。讲台上并坐着三个评判员，靠左的一个便是王仰之先生。这天是演说竞赛会的会期，与赛的有H市几个中学和邻近四五县的中学，每校推举代表一人参加竞赛。第一中学的代表是周锦华。经过了校内的预赛，锦华的成绩最好，她就充当了代表。这在第一中学里是一件非常兴奋的事，大家希望她得到优胜，所以大多数的学生都到场来听。此外的听众便是别校的学生，他们也不乏好胜之心，个个怀着站在运动场旁边观战的情绪，凝着神思静听演说员的话，谁也不肯放过一个音、一个词儿。

一个男学生演说《我国的前途》收了场，便轮到锦华了。她的题目是《文章的组织》，早已写在讲台旁边贴着的纸上，大众都已看见。待她从第三排坐位上站起，轻快地走上讲台的时候，一阵轻轻舒气的声音霎时浮起，一会儿便又回到寂静。锦华穿着阴丹士林布的长袍，新式的裁剪，窄而长的袖口，抹到脚背的下摆，给与人一种朴素而雅洁的印象。她鞠躬之后，眼光承受着全堂听众的凝视，不慌不忙开口道。

“我选定这一个题目，想说一些关于写作方面的话。写作这一件事情，在座的诸位同学和我一样，正在逐渐逐渐地修炼着。我不比诸位同学会得多，知道得多，那是不用说的；可是从前人说的，‘愚者千虑，必有一得’，我愿意把‘愚者’的‘一得’贡献给诸位同学，作为修炼时候的参考。这一点微薄的诚意先要请诸位同学鉴谅！

在说到我这个题目以前，有一层必须先行提及的，就是：写作是生活中间的一个项目，并不是随便玩玩的一种游戏。这一层很关重要，必须认清。认清原也并不难；譬如说，作工是生活中间的一个项目，或者说，说话是生活中间的一个项目，谁都觉得是当然之事；写作同说话、作工一例，它也是生活中间的一个项目自然没有问题。可是，有一批人把写作的性质认错了，他们以为这是生活的一种点缀，好比这会堂中挂着的柏枝和万国旗；他们忘记了写作便是生活的本身，所以没有什么意思、情感的时候，他们也可以提起笔来写作长篇大论，有了什么意思、情感的时候，又可以迁就格式，模仿老调，把原来的意思、情感化了装。总之，他们对于写作不当一回事，不用真诚的态度去对付，只看作同游戏差不多的玩意儿。这样认错了的人历来都有。他们对于写作方法自有他们的专门研究。在我们，这等专门研究是无所用的。

我们为要充实我们的生活，所以必须修炼写作的技能；在这样的情形之下，对于写作方法的研究非从实际生活出发不可。惟有这样，研究得来的结果才有用处，才会增进我们写作的技能。

我的题目中用了‘组织’这一个词儿。许多人聚在一起，共同办一件事，派定甲担任这一项职务，派定乙担任那一项职务，所有的人都派定了，都有了适当的职务可做，这叫作‘组织’。某君要在多少大的一块空地上盖一所房子，那所房子必须有一间客室、一间书室、两间卧室以及其他应用的房间，他托建筑师替他打图样，建筑师依着他的嘱咐打成图样，把他所需要的房间配置得很适宜，这叫作‘组织’。一篇文章犹如一个团体，每一节就同团体中的每个人一样，都应该担任相当的职务。一篇文章犹如一所房子，每一节就同整所房子中的每间房间一样，都应该有它的适宜的位置。所以，写作文章必得讲究‘组织’。

一篇文章可以比作一个团体、一所房子，就因为它是一个独立的单位。一串的意思、情感和其他的意思、情感不相联系，可以自管自地发表出来，这就是一个独立的单位。譬如，讲到这所会堂要用许多的话，这许多的话自成一个单位，和讲到某座山、某个城镇的话不相联系；议论抗日应该取什么步骤要用许多的话，这许多的话自成一个单位，和议论某人做某事对于他自己有没有益处的话不相联系。

这自成一个单位的许多话如果用言语来发表便叫作‘一番话’或者‘一席话’，用文字来发表便叫作‘一篇文章’；所以称为‘一番’‘一席’以及‘一篇’，无非表明这是一个单位罢了。

晚饭过后，炉火旁边，家庭中间的随便谈话是不成为一个单位的：母亲说起姑母那里好久没有来信了，弟弟说起邻家的猫生了四头小猫，父亲忽然提及某个同事的趣事，姊姊又抢着说她的衣衫太背时[1]了，这简直可称为‘话语的杂货摊’。还有，怀中杂记册上所记的各条是不成为一个单位的：第一条记着明天下午三点要赴某君的约会，第二条记着一个感想，‘瘠瘦的老头子拖着人力车跑，正是我国农民担负着国命的象征’，第三条记着一个同学的通信地址，第四条记着某君相规劝的一句话，这简直可称为‘文字的百衲衣’。当随便谈话的时候，固然无须乎组织，多说几句无妨，少说几句也不要紧；当写怀中杂记的时候，同样地用不到组织，每条和前条、后条全无关联，形式也简略到极点，只须自己看得明白就是了。但是，凡自成一个单位的意思、情感，无论用言语或者文字来发表，就必得讲究组织。讲究了组织，发表出来的才是个健全的单位，能使听者、读者满意，同时也使发表者自己感到快适，他正发表了他所要发表的。譬如我今天

1　背时：过时。

到这里来演说，整篇演说辞自成一个单位，就得在预备的时候先做一番组织的工夫。如果我不先做这一番工夫，仅仅怀着一腔杂乱的意思跑上台来，前言不搭后语，记起一句说一句，一会儿说这一层，一会儿说那一层，不将使诸位同学听得莫名其妙，因而疑心我或许在做白天的梦吗？”

满堂听众轻快地笑了。锦华趁此舒一舒气，把垂到右眉前的头发掠到耳朵背后去，略微提高一点声音继续说道：

“关于文章的组织，我国向来的说法就很多，其中比较紧密的，有分为‘起、承、铺、叙、过、结’六个段落的组织法。西洋在很早的时代，盛行着‘序论、立论、论证、结论’四个段落的组织法，那是指议论文章而言的。佛教学者写文章分为三个段落，便是‘序分、正宗分、流通分’。这些组织法的由来当然也根据着说话、作文的经验；但是，如果认为一定的公式，凡说话、作文都要合上去，那就反客为主，不是我们说话、作文，却是让文章公式拘束我们的说话、作文了。所以我们尽可以不管这些组织法，单从平日的生活经验讨究应该怎样组织我们的文章就是。这样讨究出来的结果不是公式而是原则；原则却是随时随地可以应用的。

根据平日的生活经验来讨究，那末，组织文章的原则说起来也很简单、寻常。就同我今天到这里来演说一回一样，只要解决了‘怎样开场、怎样说出主要的意思、怎样做个收束’这三个问题，再没有旁的事情了。换句话说，组织文章的原则只有三项，便是‘秩序、联络、统一’。把所有的材料排列成适宜的次第，这是‘秩序’；从头至尾顺当地连续下去，没有勉强接榫的处所，这是‘联络’；通体维持着一致的意见、同样的情调，这是‘统一’。这样，写出来的文章即使不怎样好，至少是的确可以独立的一个单位，至少是不愧为名副其实的‘一篇’了。

一般写作文章的人，从他们的组织方法看去，大概可以分为三个流派。一派是就意念的次第信手写着的；一派是拘守着公式，把自己的意念像填表格一般填进去的；第三派呢，是把怎样起讫、怎样贯穿先作个大体的规定，然后一步一步写下去的。第一派实在是无所谓组织；意念萌生的次第不一定有条有理，如果把未经整理的意念照样写出来，他们的失败就无可挽回了。第二派有形式整饬的好处；然而这样的倾向太过厉害的时候，就不免有刚才我所说的反客为主的弊病。第三派比较上最为妥当，他们有第一派的活动而不如第一派的纯任自然，有第二派的审慎而不如第二派的拘守成规；他们只悬着‘秩序、联络、统一’的标准，做他们的组织工夫。像我们中学生，写作文章是生活中间的一个项目，并不是随随便便的一种玩戏，那末，在讲究组织方法这一点上，自然非归入第三派不可。

说到这里，听的人必然要问道：请问具体的组织方法怎样呢？换一句说：秩序该怎样排列呢？联络该怎样着手呢？

统一该怎样顾到呢?

这是无法回答的。因为各人所要发表的意思、情感千差万别,要有了具体的意思、情感,然后有具体的组织方法,凭空是无从说起的。然而也不妨举出一个总方法来,那就是‘回问自己’四个大字。

回问自己就是具体的组织方法吗?不错,就是具体的组织方法。我们回问自己道:为着要说些什么才写这篇文章呢?这时候我们自然会回答,为着要讲一件东西的性状,或者为着要讲一件事情的经过,或者为着要发表怎样怎样的一种主张。回答有了,同时这篇文章的中心意旨也就认定了。我们又回问自己道:这个中心意旨在我们的意念中间怎样来的呢?这时候我们自然又会回答,从某种因缘引起的,或者,从许多事理、物理中间发现的。回答有了,同时材料的先后排列、段落的互相衔接也就有所依据了。我们又回问自己道:这项材料可能增加中心意旨的力量吗?那样说法可要打消中心意旨的存在吗?这时候我们自然又会回答,能够增加中心意旨的力量的,或者,和中心意旨完全矛盾的,或者,和中心意旨风马牛不相及的。回答有了,同时对于‘统一’这个标准也就顾到了。

刚才所说的信手写来的第一派乃是绝对不肯回问自己的人物。第二派呢,不注重回问自己,却用了很大的力量去问文章公式。我们第三派与他们都不同:我们不绝地回问自己,就从这上边得到每篇文章的具体的组织方法。

回问自己对于组织文章有极大的帮助，如果举一些例子来说，那就更容易使人相信。譬如我们看见一幅很好的图画，想把它记述出来，其时我们回问自己道：记那画面上的景物呢？记那幅画的布局和设色的技巧呢？还是景物和技巧都记？这样一问，中心意旨就决定了。又问道：我们从什么地方看见那幅画呢？这样一问，不是开端便是结尾的部分就成立了。又问道：如果记景物，那一景、那一物最引起我们的注意呢？如果记技巧，那一部、那一色最受到我们的赞赏呢？这样一问之后，或者准备把最引起注意，最受到赞赏的部分做主，依次说开去；或者准备把这等部分留在最后说，前面先说及那些比较不主要的部分：于是全篇的次第便确定了。

这是指记述文而言。我们还可以举叙述文来做例子。譬如，我们今天来参加这个演说竞赛会，事后想把所历的一切叙述出来，其时我们回问自己道：这个会自始至终是怎样经过的呢？这样一问，这篇叙述文的次第就成立了；依照事情发生的先后来叙述，原来是叙述文的最自然的次第。或者嫌完全叙述未免噜苏，又可以问道：那些是一切经过中间的不重要的项目呢？这样一问，可以从略的部分就决定了。或者我们觉得某人的演说特别出色，非把它叙述在最前不可，又可以问道：把某人的演说叙述在最前之后，以下叙述其他的人的演说以类相从呢，还是怎样？这样一问，另是一种次第就成立了。

此外作解说文，譬如要说明道德是什么，作议论文，譬如要主张解放中国必须反抗帝国主义，也都可以用回问自己的方法解决组织的问题。所说明的是什么？所主张的是什么？例证是什么？论据是什么？反衬的例证是什么？旁及的论据是什么？把什么列在前面最引人注意？把什么放在后面最具有效果？——这一串问题的答案便规定了《说道德》和《解放中国必须反抗帝国主义》两篇文章的组织法。

普通文如此，便是文艺文又何尝不如此？几百个字的短篇如此，便是成千成万字的长篇大论又何尝不如此？

一篇文章的写成，最要紧的自然是‘说些什么’。这是所谓内容。有什么可说了，最要紧的是‘怎样把它着手组织’。这好像属于形式的问题，但实际上却并非可以这样判然划分的。组织得适当，内容就见得完满、充实；组织得不适当，甚而至于没有组织，那就影响到内容，使它不成一件东西。所以，内容靠着组织而完成，组织也就是内容的一部分。

诸位同学，我的话说完了。我的话不能十分显豁，要烦诸位同学想了一想才会明白，这是我的说话技能的缺点，非常抱歉，非常惭愧！”

锦华在拍掌声中回到第三排坐位坐下。旁边的张大文用欢喜的眼光迎接她，看她泛红的双颊比平时格外娇艳可爱，不由得伸过右手去握住了她的左手。

八九个竞赛员演说完毕的时候，会堂里已经显得阴暗了。三个评判员随即把各人所得的分数平均，由坐在中间的那个秃顶短髭的先生站起来作总报告。关于锦华的评判是以下的几句话：

“第一中学的周锦华成绩列在第二。她所选择的题目很切要；她不依傍什么书上的说法，却把自己的体验来告诉大家：这是她的长处。她自己说，她的话不能十分显豁，人家听了，要想了一想才会明白。是的，我们对于她的演说的确有这样的感想。还有，她的演说如果能举一些文章来做例子，必然更使我们感到兴趣。但这一个缺点是可以原谅的。举出来的文章未必为大家所熟悉，这是一层；对听众念诵例子，或许会分散了他们对于本旨的注意力，这又是一层。反正没有多大的效果，那就不举也属无妨。——她的演说。声音很清朗，抑扬顿挫都极自然；姿态毫不局促，目光和手势都能做表达意思的帮助。因此，关于声音和姿态两项，我们都给了她满分。”

廿八 关于文学史

一天晚上，王仰之先生正在那里批阅前一天剩留下来的学生的作文簿，校工走了进来，说："王先生，有信。"王先生接信看时，见封套上写着"周乐华缄"的字样，"他好久没有信来了"，这样想着，同时开封抽出信笺来看。

仰之我师：

年初见了一面之后，到如今又是两个多月了。那天因为先生处有两位朋友在座，不能和先生多谈，很觉可惜。我们厂里放假日子少，逢到放假又未必是学校里的假期，所以难得有机会去拜访先生。然而想念先生的心思是差不多时时刻刻都有的。一年半的受教，从先生那里得到的影响太深了。不只读书、看报遇见疑难的时候，会想起如果仍在先生旁边，只须请教一声，疑难立即解决，那是多么愉快的事情；便是工作非常顺利的时候，或者心情上有什么懊恼的时候，也会想起如果仍在先生旁边，把那些告诉先生，便受到先生的奖励或者安慰，那是多么乐意的事情。自从进厂以来，一年间总是这么想着、想着，恐怕往后去五年、十年，还得照样地这么想着、想着呢。

厂里的情形同去年一样，我每天做工以外，晚上仍旧上训练班的功课。全天计算起来，尚有一点半钟的余暇可由自己去支配使用。近来忽然想读一点我国的文学史，便取各家书局的书目来选择。各家书局都有文学史出版，有几家出版到七八种之多，看他们所撰的提要，没有一本不是“精心结撰之作”。这使我迷惑了，到底取那一种来读好呢？为此特地向先生请教，希望先生提出一两种来告诉我。

学生周乐华。

王先生读罢，想起了什么似的，昂首凝望窗外点缀着几点疏星的天空。一会儿，把乐华的信放在一旁，继续批阅学生的作文簿。轻轻的风吹进来带着微寒，这种微寒给予人一种清爽的感觉。摆在墙角边圆几上的一盆春兰有三四剪开了，时时有一缕香气打从鼻头边拂过。在这样清静的境界中工作着，心和手都极顺利，还没到十点钟，他已经把十几本作文簿批阅完了。于是喝了一盏茶，起来往回地走了一阵，再坐下去写寄给乐华的回信。

乐华：

读到你的来信，承你时时念着我，感感。

你忽然想读一点文学史，我不知道你的动机是什么。最近十几年来，很有人提倡阅读文学史，跟着就有人需求文学史，有人编撰文学史。这些人互相影响，于是文学史越出越多，文学史的阅读成为一般的风尚了。在提倡的人自有他们的见地，当然不能一概抹杀，说他们完全没有道理；可是，从实际的效果上看，这种提倡却有引导人家避去了切实修习而趋重于空泛工夫的弊病。曾经在一篇论国文学习法的文章里看到一段话，现在抄给你看。

“普通的学生案头有胡适的《中国哲学史大纲》《白话文学史》，顾颉刚的《古史辨》，有《小说作法》，有《欧洲文学史》，有《印度哲学概论》。问他读过‘四书五经’、周秦诸子的书吗，不曾。问他读过若干唐宋人的诗词集子吗，不曾。问他读过古代历史吗，不曾。问他读过各派代表的若干小说吗？不曾。问他读过欧洲文艺中重要的若干作品吗，不曾。问他读过若干小乘、大乘的经典吗，不曾。这种空泛的读书法，觉得大有纠正的必要。胡适的《哲学史大纲》原是好书，但在未读过《论语》《孟子》《老子》《庄子》《墨子》等原书的人去读，实在不能得很大的利益。知道了《论语》《礼记》等原书的大概轮廓，然后去读哲学史中关于孔子的部分，读过几篇《庄子》，再去翻阅哲学史中关于庄子的部分，才会有意义，才会有真利益。先得了孔子、庄子思想的基本的概念，再去研求关于孔子、庄子思想的评释，才是顺路。用譬喻来说，《论语》《礼记》是一堆有孔的小钱，哲学史中关于孔子的部分是把这些小钱贯串起来的钱索子，《庄子》中《逍遥游》《大宗师》等一篇一篇的文字也是小钱，哲学史中关于庄子的部分是钱索子。没有钱索子，不能把一个个的零乱的小钱贯串起来，固然不愉快；但是只有一条钱索子，而没有许多可以贯串的小钱，岂不也觉得无谓？我敢奉劝大家，先读些中国哲学的原书，再去读哲学史；先读些《诗经》以及汉以下的诗集、词集，再去读文学史；先读些古代历史书籍，再去读《古史辨》。万一必不得已，也该一壁读哲学史、文学史，一壁翻读原书，以求知识的充实。钱索子原是用来贯串零乱的小钱的，如果你有了钱索子而没有可贯串的许多小钱，那么你该反其道而行之，去找寻许多的小钱来贯串才是。”

这一段话说得很明白。如果丢开哲学、古史等，单就文学来说，便是先要接触了文学作品，然后阅读文学史才有用处。因为文学史上所讲的以文学作品为主，对于文学作品若还不曾认识，徒然知道一些“作家”哩，“派别”哩，“源流”哩，“演变”哩，便完全是隔靴搔痒的事情。而现在一般人似乎正在干这等隔靴搔痒的事情。只看学校里的考试题目便可知道其中的消息了。“何谓唐宋八大家？”“何谓公安体、竟陵体？”“五言诗起于何时？”“词源于何体？”这些题目都是常见的。其实，一个学生回答得出这些题目，不过有了一点关于文学的常识罢了，这并不足以证明他真个懂得了文学。而这些常识又是工具书上所备载的；一个学生如果回答不出这些题目，他只须翻开《辞源》来一查便知道了。那末，回答得出无异于证明他曾经查过《辞源》罢了。比较起“人体常温为摄氏三十七度”“居室须常开窗以通空气”那些常识来，这些文学常识便见得毫无实用的价值。倘若破费了好多的工夫，专为求得这样毫无实用价值的常识，可说全无是处。

你平日能够切实修习，未必爱做这等空泛的工夫。我不知道你为什么想读起文学史来。希望告知，然后再和你商论。

仰之手复。

第三天的晚上，王先生在室内预备明天讲授的功课，校工又把乐华的信送进来了。展开来看，是铅笔写的字，笔势颇潦草，末尾写着“学生周乐华书于清晨号钟未鸣时”。他的信如下：

仰之我师：

昨晚读到赐复，蒙先生详细指导，感极快极。

我想读一点文学史，一层呢，就为要从文学史中间接触历代的代表作品。这不只是扩充知识的问题，以我想来，接触文学代表作品对于精神的修养尤其有关系。而自己去选择代表作品，现在还苦于没有这样的眼力。我看见有几家的书目提要里说，他们的文学史是采辑作品的。如果从这些中间选择一本来读，不就把这一层困难解决了吗？

第二层呢，就是先生复信中所提及的，我要知道一点我国文学的源流和演变。各时代怎么会有各时代的特产呢？每一代的大作家，他们从前代承受了些什么，他们自己又创造了些什么呢？关于这等问题，都想知道一个大概，因此，我就预备去叩文学史的门。

先生，我每当夜间课罢，就杂乱地想这样想那样；有时把想到的写在日记簿上，有时想了也就算了。上面说的便是近来想到的，先生看这些意思怎样？

王先生把明天讲授的功课预备好了，又提起笔来写复信如下：

乐华：

你以为文学史里所采辑的必然是代表作品，其实不尽然。我看过几本文学史，只觉编辑者唯贪抄录的便利，就手头的书本随意引几篇罢了。如果认为被引的便是代表作品，你就至少会上一半的当。还有些编辑者对于作品的评论，不是说这一篇多么优秀，便是说那一篇多么雄健，这殊不足取，“优秀”和“雄健”都是不着边际的形容词，主观地用来评论作品，叫人家何从捉摸。所以，你要读历代的代表作品，你要体会作品的“真味”，与其去求教文学史，还不如去求教比较好的选本。例如：要读诗，就读沈归愚的《古诗源》、曾国藩的《十八家诗钞》；要读词，就读张惠言的《词选》；要读明清小品文，就读近人沈启无的《近代散文抄》。这类选本不像文学史那样对于每家只选一两篇，然而比较起全集、总集来，却已做了一番删繁就简、取精去粗的工夫：这样，正好使你认得那些作家，亲自辨识他们的代表作品。

再说文学的源流和演变，那是不能离开了作品空讲的。这层意思前信已经说过。那些不举作品单作叙论的文学史，原来假定读者对于作品已经有相当的认识了。如果你并没有相当的认识，那末读文学史只能得到一些概念，未免是空泛的工夫。你们中等程度的学生确也应该知道一点文学的源流和演变；不过照我的意思，其着手的路径并不是取一本文学史来读，却是依文学史的线索去选读历代的名作。从去年下半年起，我对于这里的三年级就试用这个方法。作品是主脑，同以前一样；我的讲说是辅佐，所讲的就是简略的文学史。这样试了半年多，我觉一班同学读得颇有兴味，而理解上也比较切实。油印的选文尚有多余的，现在检点一份另封寄给你。至于我的讲说，大文他们都有笔记，希望你向他们借来看。看了之后，你或者觉得可以满足你的欲望了，或者还是有点吃东西吃不饱的感觉，都盼你写信来告诉我。

仰之手复。

王先生写罢封讫，便站起来，走到书架子前，检取油印的选文。

从学生的自习室里，传来几个人合唱的歌声。

廿九 习作创作与应用

图画教师李先生因 H 市美术展览会将在春假中举行，急忙把他的大幅油画《母亲》完成，预备送到展览会里去。李先生为了这幅《母亲》，曾经过长期间的惨淡经营，中途易稿了好几次。第一中学的师生们对于这幅巨作人人怀着远大的期待。这次听到完成的消息，大家都非常快活，有许多人跑到他房间里去看，李先生为供全校观览起见，把这画移挂在图画教室的墙壁上。这几日来，图画教室里自早至晚人迹不断。上图画课的时候固然有人，不上图画课的时候人来得更多。

画幅有六尺多宽，四尺多高，画着三个人，一个三十岁光景的中年妇人，一个八九岁的小孩，还有一个卧在摇篮里的婴儿。桌子上摆着洋灯、书册、石版和针线匾，小孩在灯下读书，妇人靠桌子坐着，一壁缝缀着衣服，一壁在用脚踏动摇篮。全幅的布局、色彩以及笔致，无一样不妥帖，最动人的是那中年妇人的面容，看去既端好，又慈祥，还流露着一种说不出的严正与辛苦的表情。看了这幅画，会令人忆起儿时生活的一幕来，觉得这画中的妇人在许多点上是和自己的母亲相仿佛的。学生们都不只来看一次，有些人几乎日日来看，如汤慧修就是日日来看的一个。

放春假的前一日，下午课毕，锦华从图书室借了几本春假中想看的书正预备回家，在廊下遇到慧修，就被拉了到图画教室里去。二人踏进图画教室，见王先生立在画幅前面和李先生谈着话，志青、大文、振宇和几个别级的男女同学都在围着听呢。

"《母亲》在西洋原是一个老画题。古来曾有过好几张名画，那都是写基督教的圣母的，大都着眼在圣洁庄严的表现。我所想表现的是慈爱与辛苦，完全想画出一个中国式的母亲。中国的家庭制度与妇女地位使做母亲的非备尝困苦不可，因之中国的母亲更不易做。我所想表现的，就只是这一点。"李先生说。

"中国自古就有'母氏劬劳[1]'的话，从来文人写他们的母亲很有许多艰辛的记载。如归有光的《先妣事略》，汪容甫替他母亲作的墓志铭，都写得非常凄怆。至于用绘画描写的却不多见。前人曾有过什么《灯影机声图记》一类的文字，足见也曾有过这类的绘画，可惜流传下来的只是关于这些绘画的文字而已，绘画就少有人见到了。"王先生说。

1　劬（qú）劳：劳苦，苦累。

“中国原是文字之邦呀。哈哈！”

李先生笑着把目光转移到周围立着的学生们，突然好像记起一件什么事来的样子，对着慧修道：

“咿呀，去年我把这幅画改稿重画的时候，你曾问我为什么要屡次改画，我不是答应有机会再对你说吗？”

“是的，我正想有机会时请教先生，为什么一张画要费去一年多的工夫？怀这疑问的恐不止我一个人吧。”慧修答说，同时用眼去征求同学们的同意。

“这是一个关于创作的问题，请王先生解答吧。文章与绘画原有许多共通之点，我在图画课中也曾替王先生讲过好几次国文功课哩。”李先生含笑说。

学生们都注视着王先生。有几个竟拍起手来。人围聚得愈多愈挤了。

“李先生今日要讨还债了。好！就由我来解答。——这样挤着不好讲话，大家坐下来吧。”王先生挥着手令学生们散开，自己跑到讲台上去。坐位不够，沿壁都立着人。

“问题是：为什么一幅画改了又改，想了又想，至于费去了一年多的工夫？提出这问题的人，大概以为如果画家每幅画要如此，那么一生只可作几幅画，很不经济。对不对？”王先生先向大家反问。

许多听众都点头。

“据我所知，李先生教学生时也曾在数分钟内在黑板上作成静物写生的范画，有时应朋友的要求也常在半小时内画好一把扇子或一张小品，平日自己练习，也曾在一二小时的短期间作完一幅石膏模型或人体的写生画。何尝每幅画都像《母亲》这样地费去长期间的工夫。方才李先生说文章与绘画有许多共通点，这话很对。我是不懂得绘画的，用文章来做比喻吧。诸君在家里可以于几分钟内写好一张便条或明信片，在课堂上可以于一二小时内完成一篇记事文或说明文、议论文，但将来也许会费了一年半载的工夫去写一篇小说、诗歌或别的文章。”

王先生说到这里，取起粉笔来在黑板上写了“应用之作”“习作”“创作”三个项目。

“文章与绘画都可分这三个项目来讲。先说绘画，李先生在教室中作写生范画，替朋友画扇子，是应用之作；自己练习石膏模型或人体写生是习作；这次的《母亲》是创作。再说文章，诸君的写书信，是应用之作；作文课上写作文，是习作；将来择定了题材自由地无拘束地去写出文艺作品来，便是创作。

习作只是法则与手腕的练习；应用之作只是对付他人和事务的东西；创作才是发挥自己天分的真成绩。无论绘画和文章都如此。习作是毕生随时都可做的，每次大概有一定的着眼点，一次习作，不必花过多的时间和劳力；应用之作是对付他人和事务的东西，有他人和事务在眼前，也不许我们多费时间，致于他人和事务有妨碍阻滞；至于创作，全是自由的天地，尽可尽自己的心力忠实地作去，做到自己认为满意了才放手。李先生在黑板上替你们作范画，如果多花了时间，于你们就有妨碍了；可是他画《母亲》即使再多画几年也可以。你们在教室中上作文课，如果到了规定的时刻不缴卷，我就要催促责备了，可是你们自己在课外爱写什么，无论怎样慢，我决不会干涉。因为创作全是自己的事，忠于创作，就是忠于自己。真正的创作绝不该有丝毫随便不认真的态度，古来的山水名画家有'五日成一山，十日成一水'的话，左太冲为作一篇赋竟至费去了十年的光阴。创作贵精不贵多，时间和劳力是不能计较的。"

"我对这问题的解答完了，李先生以为怎样？"王先生笑向杂坐在学生丛中的李先生说。

李先生含笑点头不说什么。学生们因问题得了明快的解释，都露出愉悦的神情，尤其是提出这问题的慧修。

"我们才知道创作如此可贵。请先生再带便给我们说些创作的方法或经验。"杜振宇立起身来要求说。

王先生拭好黑板，方从讲台下来，听振宇这样说，就在讲台旁立住回答道：

"这提议很好，关于创作，应该有许多事情可讲的。可惜我至今尚未有什么创作成就，让我们请李先生指教吧。他是有过创作经验的人。——李先生，请你发表些意见。"

王先生一壁说一壁向李先生方面走近去。学生们又拍起手来。

李先生也不推辞，就在人丛中立起来说道：

“王先生说得太谦虚了，我曾读过他的诗和小说呢。我的绘画的创作，连这幅《母亲》，也不过三四次，够不上讲什么创作的经验和方法。姑且对诸君随便谈谈吧。

创作是一种创造，其生命就在乎有新鲜的意味。无论文章或绘画，凡是摹仿套袭的东西，决不配称为创作。创作第一步的工夫是发现题材，题材须是有新鲜意味的才值得选择认定。世间的事物，原都是现成的，平凡的，旧有的，所谓新鲜的意味，完全要作者自己去发见。恋爱这一个题材，不知自古以来曾被多少文学家描写过，‘花’‘月’在诗歌里不知曾出现过多少次。能在平凡的事物之中看出新的意味来，这是创作家的第一种资格。我的这幅《母亲》，题材不消说是很旧的，西洋早已有许多人画过，他们所画的是‘圣母图’，我所着眼的方面，却和他们不一样，中国古来关于母亲的文章虽不少，而流传的绘画却不多见，故不失为值得选择的题材。

题材的发现，并非一定是难事。能够留心，随时随地都可发现的。诸君每日在街上行走会碰到各种各样的人物和事件，平时读书或独坐，会起各种各样的心念和情感，这种时候，事物的新鲜的意味常会电光似的忽然自己投入到头脑里来，随时把它捉住了就是题材。题材选定了以后，第二步还要使它成熟，无论在读书的时候，看报的时候，听别人谈话的时候，独自散步的时候，都要到处留心，遇有和这题材有关系的事项，一一搜集拢来，使内容丰富，打成一片。这情形正和做母亲的用了自己的血液养分去培养胎儿一样。”

李先生越说态度越紧张，学生们听得比上课还要认真，连王先生也只管目不转睛地兀自在微微点头。

“题材成熟了，这才可以写出。用文章来写，或用绘画来写，都是创作。仅有题材是无用的，要写成作品，就非有熟练的手腕不可。如果一个画画的人有了某个很好的题材，而手腕不够，画起来脸不像脸，手不像手，成什么话？文章的创作亦如此，题材虽已整备得很成熟很好了，如果他基本工夫没有打实在，文句未通顺，用词多错误，那么即使写了出来也是糟糕。我方才说过，发现题材并非难事，一般人只要能留心，随时随地都可发现的，可是一般人却不能像文学家画家似的写出像样的作品来，这就是因为一般人未曾预备好创作上所需要的手腕的缘故。他们尽会有很可贵的题材，但可惜无法写出，任其葬送完事。唉！自古以来，不知有多少的好绘画好文章被埋没在人的肚子里啊！”

李先生说到这里，似乎有些感慨无量的样子，把话暂停一会，又继续道：

“方才王先生把作品分为创作、习作与应用之作三种，这是很对的。三者之中，最基本最重要的是习作，习作是练习手腕的基本工夫，要习作有了相当的程度，才能谈得到应用，才能谈得到创作。近来有许多青年想从事创作，我知道诸君之中，也有这样的人。如果想创作，非先忠实地在习作上做工夫不可。学绘画的先在形象及色彩上用功，学文章的先求文从字顺，熟悉种种文章上的普通法则。习作是一切的基础，应用之作和创作都由习作出发。应用之作的目的，在对付当前的事务，就大体说，原用不着过于苛求，只要在习作上用功至相当的程度，也许就够了。至于创作，是无程限的，所需要的习作根底也无程限，习作的根底越深越好。越是想从事创作的人越应该重视习作。至少该一壁创作，一壁习作。真正的画家，终身在写生上用功，真正的文学家，虽至头白亦手不释卷，寻求文章的秘奥。

诸君是中学生，中学原是整个的习作时代，创作虽不妨试试，所当努力的还应该是习作。近来颇有一派青年爱好创作，目空一切地自认为创作家，把习作认为卑鄙不足道的工夫。学绘画的厌恶写生，专喜随意乱涂，学文章的厌恶正式教室功课和命题作文，专喜写小说诗歌，这不消说是错的。希望诸君勿走这条错路，我的意见就只这些。”

李先生说完了话，就邀王先生一同走出教室去。学生们也各自散出。

“今天两位先生的话都很有意思。”锦华在方才的廊下对慧修说。

“这应该谢我才好，如果我不拉你去，你就失去这机会了。”慧修笑着说。

“你看，后面！”锦华把口靠近慧修的耳朵低语。

慧修向后看时，见有两个同学低着头在她们背后走来，头发留得长长的，脸孔都泛红得异常，似乎有些赧赧然。那是高中部的同学，一个是别的功课不用功，专喜欢绘画的，大家都叫他“艺术家”；还有一个绰号叫作“诗人”，是日日做诗，诗以外什么文字都写不来的。

卅 鉴赏座谈会

旧历清明节是美术展览会最着末[1]的一日，天气很好。乐华清晨从工厂里放假回家，就匆匆地跑到会场里去了。回来的时候，背后跟着一大批客人，大文、志青、锦华、慧修，还有振宇、复初。同学们多时不看见乐华了，今日难得在会场中碰到，谈谈说说，不愿就散，于是不知不觉齐到了乐华家里。

乐华家自乐华入工厂后，一年以来，罕有学校青年来往。今日突然到了这许多青年客人，枚叔夫妇都非常高兴，款待得很殷勤。

吃饭的时候，大家从枚叔口中得到许多报上尚未发表过的美术展览的消息与批评，其中关于李先生的《母亲》的好评，更使大家感到兴味。《母亲》就成了宾主间的话题。

“我昨天也去看过了，李先生这幅《母亲》画得真好！真

1　最着末：最后。

能表现出在中国做母亲的辛苦。”枚叔夫人出来冲茶，听见大家在谈起《母亲》，就加入说。

“你本身就是一幅《母亲》画啊！”枚叔苦笑着对夫人说，同时又把眼光向大家看。

大家听了这话都深深地有所感触，可是却没有人能说什么。枚叔摸出表来一看：

“我要到报馆里去了，有许多展览会特刊的稿件待整理呢。——乐华，你留他们多坐一会吧。”说着匆匆地管自走了。

乐华让客人到父亲书室里坐。谈了一会，话题仍移到展览会上去了。

“我们应该另找一个题目来谈谈，老是浮浮泛泛地谈展览会有什么意义呢？”锦华说。

“赞成，赞成！前次乐华回来时，我们不是在大文家里对于《语调》的题目，谈出许多有意义的话来吗？今日也来限定题目吧。让我来提出一个题目，《鉴赏》，不论是关于绘画的或文章的，大家来谈谈鉴赏的意见、方法或经验，好不好？”志青说。

“好！好！”大家差不多齐声这样说。

“我是提出题目的人，由我来开场吧。近来杂志上座谈会很流行，这里一共有七个人，每人自由地发表意见，将来记录出来，也就是一个座谈会了。”志青这样开始说，“‘鉴赏’二字，粗略地解释起来只是一个‘看’字。真的，所谓鉴赏，除音乐外，离不掉‘看’的动作。看文章，看绘画，看风景，都是‘看’。鉴赏的‘鉴’字，就是‘看’字的同义语。不过同是一个看的动作，有种种不同的程度，和‘看’字相似的字，从来有‘见’‘视’‘观’三个。这三个字，如果查起字典来，都是‘看’的意思，其实程度各各不同。‘见’只是见到，看见，并无别的复杂的心理作用可言，‘视’就比较复杂了，‘视’不但见到，看见，还含有查察的分子，医生看病叫‘诊视’，调查某地方的情形叫‘视察’，凡是与‘视’字合成的词，差不多都有查察的意义。‘观’字更复杂，与‘观’字合成的词，意义都不简单，如‘观念’‘观感’‘人生观’‘宇宙观’之类，都是难下简括的注解的。同是一个看，有‘见’‘视’‘观’三个阶段。我们看到别人的一篇文章或是一幅画是‘见’，这时只知道某人曾作过这么一篇文章或一幅画，其中曾写着什么而已。对于这一篇文章或一幅画去辨别它的结构、主旨等是‘视’，比‘见’进了一步了。再进一步，身入其境地用了整个的心去和它相对，是‘观’。‘见’只是感觉器官上的事，‘视’是知识思辨上的事，‘观’是整个的心理活动。不论看文章或看绘画，要到了‘观’的境界，才够得上称‘鉴赏’。‘观’是真实的受用，文章或绘画的真滋味，要‘观’了才能亲切领略，用吃东西来做譬喻，‘观’是咀嚼细尝，‘见’和‘视’只是食物初入口的状态而已。鉴赏是心理上的事情，本来难以用言语表达，我的话又说得很空泛，也许大家已觉得厌倦了吧。”

志青这样结束了他的话。

大家听了志青的话，觉得新鲜警策，都表示佩服。各人正在自己搜寻谈话的资料，室中寂然了一会。第二个开口的是大文。

“志青方才把‘看’字加以分析，用一个‘观’字来说明鉴赏的意义。让我也来用一个字谈谈鉴赏。我在一本书上读过《美感与实用》的文字，大旨说：艺术与实用之间须保有着相当的距离；一把好的茶壶，可以盛茶，但目的不止于盛茶；一封写得很好的书信，可以传情达意，但目的绝不止于传情达意；美的一种条件是余裕。这话原是就创作上说的，我觉得在鉴赏上也可应用。”

大文说到这里，向书室中看了一会，既而走到枚叔的案旁，在案头上很熟悉地取过一个墨盒来指给大家看道：

“这墨盒盖上刻着山水画，不是写着‘枚叔先生清玩’一行字吗？‘玩’字很有意味，我以为可以说明鉴赏的态度。‘鉴赏’有时也称‘玩赏’或‘玩味’，可以说‘玩’就是‘鉴赏’。‘玩’字在习惯上常被人轻视，提起玩，都觉得有些不正经。其实，玩是再正经没有的，我们玩球玩棋的时候，不是忘了一切，把全副精神都放在里面的吗？对于文章、绘画要做到‘玩’的地步，并不容易。单就文章说吧，一篇好的文章，或一本好的小说，非到全体内容前后关系明了以后，绝不能‘玩’。我们进中学校以来，已读过不少篇数的文章，许多本数的书了，自己觉得能够玩的实在不多。大都只是囫囵吞枣，诗不能反复地去吟，词不能低回地去诵，文不能畅适地去读，小说不能耐心地去细看。这很可惜。我近来在试行一种工作，从读过的文章中把自己所欢喜的抄在一本小册子里，短篇的如诗词之类全抄，长篇的只选抄一节或几句，带在身边，无事时独自读着背着玩，随时觉有新意味可以发现呢。——喏，这就是。”大文说时，从衣袋中取出一本很精致的小手册来给大家看。

那本小手册写得很工整，所抄的文章并不多，尚留一大半空页，诸人匆匆翻过一下，就还给大文。锦华接上来说道：

“志青所讲的是鉴赏的意义，大文所讲的是鉴赏的态度，现在我来换一个方面，谈谈我自己幼稚的经验吧。我于读文章的时候，常把我自己放入所读的文章中去，两相比较。一壁读一壁在心中自问：‘如果叫我来写将怎样？’对于句中的一个字这样问，对于一句的构造和说法这样问，对于句与句的关系这样问，对于整篇文章的立意布局等也这样问。经过这样自问，文章的好坏就显出来了。那些和我写法相等的，我也能写，是平常的东西，写法比我好的就值得注意。我心中早有此意见或感想，可是写不出来，现在却由作者替我写出了，这时候我就觉到一种愉快。我们平常所谓‘欣赏’者，大概就是这愉快的心情吧。文章之中，尽有写法与我全然不同，或在我看去不该如此写，读去觉得有些与我格格不相入的。我对于这种文章，如果当时未曾发现它的错处，常自己反省，暂时不加判断，留待将来再读。我以为鉴赏是作者与读者之间的共鸣作用，读者的程度如果和作者相差太远了，鉴赏的作用就无从成立。这就是所谓‘仁者见仁，智者见智’了。我有一部《唐诗三百首》，在中学一年级的时代随读随圈，曾把认为好的句子用双圈标出，普通的句子只加单圈，这次春假无事，偶然取出来重看，就自己觉得好笑起来了。觉得有些加双圈的地方并不好，有许多好的句子，当时却不知道它的好处，只加着单圈呢。也许再过几年见解会更不同吧。我想，鉴赏的本体是‘我’，我们应把这‘我’来努力修养锻炼才好。这是我近来才想到的一点。”

锦华把自己的意见说毕，用手臂去触动坐在她旁边的慧修，意思是叫慧修接说下去。其余诸人也都向慧修看。

“有许多好的意思已被你们说完了，叫我再来说些什么呢？”慧修略做沉思，既而又说道：“我来讲鉴赏的预备知识吧。鉴赏本来是知解以上的事情，但预备知识却不可没有。一首好诗或一首好词，大概都有它的本事与历史事实，我们如果不知道它的本事与历史事实，往往不能充分领会到它的好处。例如曹子建的七步诗：‘煮豆燃豆萁，豆在釜中泣。本是同根生，相煎何太急？’这首诗意义不晦，在不知道他们兄弟相残的历史事实的人，看了也许亦会感到趣味，但若能知道这历史事实，当然更有味了。辛弃疾的那首起句‘郁孤台下清江水’的《菩萨蛮》词，题目只作《题江西造口壁》，如果我们不知道宋室南渡的变乱及造口的位置，读去会有什么趣味呢？韩愈的《原道》，我未入中学时，父亲已叫我读过，当时莫名其妙。入中学后，从历史课里知道了唐代思想界的大概与韩愈的传略，回头再去重读那篇《原道》，就觉得句句有意味了。对于一篇作品，如果要好好地鉴赏，预备知识是必要的。作者的生平，作品的缘起，以及其他种种与这作品有关联的事件，最好能先知道一些，至少也该临时去翻检或询问别人。这种知识本身原不是鉴赏，却能做我们鉴赏上的帮助，不可轻视的。”

“话越说越切实了。后面讲话的颇不容易呢。”乐华听慧修讲毕，这样说。

许多人都看着乐华，待他讲下去。

“今日我是主人，当然排在最末一个。请振宇、复初先讲吧。振宇，你先来。”乐华说。

“我想就想像二字来说几句话。”振宇说，“方才锦华说，鉴赏是作者与读者之间的共鸣作用，这话很对，作者与我们不相识，大多数是古人，不会来和我们共鸣，所谓共鸣，无非是我们自己要去和作者共鸣罢了。作者在作品中所描写的，有些是生活经验，有些是想像所得。我们的生活经验与作者不同，不能一一从生活经验去领会作品，所靠的大半是想像。对于作者的想像的记录固然要用想像去领略，对于作者的生活经验的记录也只好用想像去领略。文章是无形的东西，只是白纸上的黑字，我们读了这白纸上的黑字，所以会感到悲欢，觉得人物如画者，全是想像的结果。作者把经验或想像所得的具体的事物翻译成白纸上的黑字，我们读者却要倒翻过去，把白纸上的黑字再依旧翻译为具体的事物。这工作完全要靠想像来帮助。譬如说吧，'山高月小，水落石出'是好句子，但这八个字之所以好，并非白纸上写着的这八个字特有好处，乃是它所表托的景色好的缘故。我们读这八个字的时候，如果同时不在头脑里描出它所表托的景色，就根本不会感到它的好处了。想像是鉴赏的重要条件，想像力不发达，鉴赏力也无法使之发达的。这是我的意见。"

大家听了振宇的话点头，同时又都把眼光移向复初。复初笑着说道：

"我实在没有什么可以说的，只好来做反面文章了。方才诸位的话都是对好的文章说的，说好文章应该怎样去鉴赏。我现在想反一个转身，来谈谈坏的文章的鉴赏。"

复初这几句开场白，使大家露出惊讶的神色。谈话开始以来的一室中平板的空气，突为一变。

"坏的文章值得鉴赏吗？诸位也许会怀疑吧。我以为好与坏是事物的两方面，无论从那一方面着眼，结果都一样。知道什么东西不好，就知道什么是好东西了，我们读了一篇不好的文章，如果能一一指摘出它的毛病，等于读一篇好文章能一一领会它的好处。并且，实际上真正好的文章，自古以来就不多，我们日常所见到的往往都是有些毛病的文章。犹如人的相貌一样，我们一生之中难得见到绝代的美人或美男子，日常所碰见的都是些普通的人物，不是鼻子太低就是眉毛太浓，或是眼睛旁有个小疤点。如果我们定要遇到好的才去鉴赏，不是机会就很少了吗？我近来常从坏的文章中试炼自己的鉴赏力，什么报纸上的评论咧，街上粘贴着的标语咧，都留意。我这见解，是读了《中学生》杂志中的《文章病院》以后才发生的。我想，日日与病人接触的医生才是真正知道健康的人，一味从健康去着眼，健康的意义反会茫然吧。”

复初的话引得大家都笑了。

“乐华，现在轮到你了。”志青对乐华说，似乎已期待得很久的样子，其余的诸人也都向乐华看。

“我是个工人，配讲些什么？鉴赏原是我所向来留意的，自入工厂以来，苦于没有闲暇读书。我现在偷闲在读的只是诗话文话一类的东西。诗话文话是前人鉴赏所得的记录，它会告诉我们某几句诗某几句文的好处所在。我们可由它间接地得到鉴赏的指示。我是工人，要一一直接去读名作，去自己鉴赏，是无望了的，只好利用前人所作的诗话文话之类来补救这缺陷。这种书的体裁是一条一条的随笔，每条都很简短，而且逐条独立，分条看和接连看都可以。像我这种读书无一定时间的人，读这种书再适当没有了。不过这究竟是别人的鉴赏的结果，常常有许多不合我的意见的地方——”

枚叔走进书室来，乐华的话突然被打断了。

“我到报馆里去了半天，你们还在谈吗？谈的是什么？”枚叔问。

“我们在谈文章的鉴赏。”乐华回答。

“真清闲！好题目哩。不要大家变成书呆子！喏！你们看看！”

枚叔把卷在手中的本日上海报摊开，指着核桃样大字的标题给大家看，那标题是《华北情势危在旦夕》。

卌一　风格的研究

已是榴花照眼的时节了。大气中充满着温暖，使人卸去了夹衣，只穿着单衫，四肢百骸都感到轻松舒适的快感。这一天是星期日，大文早上起来，并不见谁来找他闲谈。也没有预期的约会，便展开当天的报纸来看。看报纸总引起迫切的焦虑，这样的世界大势，这样的政治局面，这样的自国同胞，中国的出路在那里呢？尽想尽想，不免陷入于茫然的惆怅，直到母亲唤他用早餐，大文才截断了他的独念。

早餐过后，他预备做功课了。坐到椅子里，书桌上一本薄薄的线装书吸引住他的注意。这是唐朝司空图的《诗品》，他依从了王先生的指点，昨晚上从父亲的书箱里检出来的。他记起王先生对一班同学说的话：

“研究文章的风格，司空图的《诗品》不妨找来一看。《诗品》讲的是诗，分为二十四品，就是说好诗不出那二十四种境界，也就是二十四种风格。但并不限于诗，鉴赏文章也可以用作参证的。”

昨晚上他已曾约略翻过，知道这书用的是四言韵语的体裁，每品十二语。此刻从头循诵，觉得那些语句在可解不可解之间，好像障着一重雾翳似的。可是读到第三品“纤秾”，他眼前就仿佛展开了一幅鲜明的图画。

> 采采流水，蓬蓬远春。窈窕深谷，时见美人。碧桃满树，风日水滨。柳阴路曲，流莺比邻。乘之愈往，识之愈真。如将不尽，与古为新。

他想像这幅图画所含有的色彩，绚丽极了，明媚极了；又想像这幅图画所摄住的意态，浑成极了，生动极了。如果世间真有这么一种境界，涉足其间的人将要应接不暇，终于陶醉了吧。比拟到诗、文方面，这该是富于辞藻而又充满着生意的那一派吧。他继续读下去，读到“典雅”一品，不禁又抬起头来凝想。

> 玉壶买春，赏雨茆屋。坐中佳士，左右修竹。白云初晴，幽鸟相逐。眠琴绿阴，上有飞瀑。落花无言，人淡如菊。书之岁华，其曰可读。

他觉得这是另一种境界，闲适而淡泊。人处其间，唯有时雨、白云、修竹、幽鸟、落花、飞瀑为伴，简直可以忘掉一切。这个初中学生一时间耽于古人的那种隐逸情味，便低声吟着陶渊明的诗句："采菊东篱下，悠然见南山。山气日夕佳，飞鸟相与还。此中有真意，欲辨已忘言。"忽然远远地送来一阵摇曳的汽笛声，他才梦醒一般，意识到自己，意识到不容隐逸的现时代。顺次读下去读到"自然"一品，他又仿佛颇有所悟。

> 俯拾即是，不取诸邻。俱道适往，着手成春。如逢花开，如瞻岁新。真与不夺，强得易贫。幽人空山，过雨采蘋。薄言情悟，悠悠天钧。

他想写作诗、文而能"俯拾即是"，不去强求，不讲做作，那就是所谓"有什么说什么""爱怎么说、该怎么说，就怎么说"，真达到"自然"的极点了。这又与漫无节制、信笔乱挥不同。一方面"俯拾即是"，一方面却又"着手成春"，只因为工夫已经成熟，在无所容心[1]之间，自能应节合拍的缘故。所以一篇完成，就像花一般开得异常美好，节令一般来得异常适合。花开和节令迁流看来都是自然不过的事，然而雨露的滋润，土壤的营养，日月的推移，气候的转换，中间费却造物的几许匠心啊，这便是"真与不夺"；换句话说，必须内里充

1　无所容心：不留意。

实，作起诗、文来才能“俯拾即是”，才能“着手成春”。如果内里并不充实，也想信口开河，提笔乱挥，取得“自然”的美名，结果必然不成东西，徒然使自己后悔，供人家嘲笑，这便是“强得易贫”了。他把这一点心得玩味了一会，眼光重又注射到书页上。对于“含蓄”一品的“不着一字，尽得风流”；“精神”一品的“明漪绝底，奇花初胎”；“疏野”一品的“倘然适意，岂必有为”；“清奇”一品的“神出古异，淡不可收，如月之曙，如气之秋”；“委曲”一品的“似往已回，如幽匪藏；水理漩洑，鹏风翱翔；道不自器，与之圆方”；“形容”一品的“风云变态，花草精神，海之波澜，山之嶙峋，俱似大道，妙契同尘；离形得似，庶几斯人”：他都能深深地领会。他好似神游于文艺的展览会，那些展览品完全脱去形迹，各标精神，使他不得不惊叹于文艺界的博大和繁富。他想起现代一班作家的作品：朱自清的称得起“缜密”，周作人的可以说“自然”，茅盾的不愧为“洗练”，鲁迅的应号作“劲健”。他又想起古昔文学家的作品：同样是词，而苏、辛的与温飞卿的不同，苏、辛的“豪放”而温飞卿的“绮丽”；同样是散文，而司马迁的与陶渊明的不同，司马迁的“浑雄”而陶渊明的“冲淡”。如果把读过的一些散文、诗、词，逐一给它们比拟，这近于什么风格，那近于什么风格，倒也是有味的事情呢。

但是他随即想到司空图的二十四品实在也未尝不可增多，不然，何以王先生又曾提及还有人作《续诗品》及《补诗品》呢？既可以增补，当然也不妨减少或者合并。可见二十四品并非绝对的标准，又何能据此来衡量一切的作品。况且，王先生提出的题目原是很宽广的，只说“对于文章的风格做一点研究，写一篇笔记”罢了，并不曾叫大家去判别读过的文篇的风格呀。他这样想着，便放下《诗品》，另取一份油印的选文在手。这是姚姬传的《复鲁絜非书》，王先生发给大家作为参考材料的。书中说道：

> ……鼐闻天地之道，阴阳刚柔而已。文者，天地之精英，而阴阳刚柔之发也。惟圣人之言统二气之会而弗偏；然而《易》《诗》《书》《论语》所载，亦间有可以刚柔分矣；值其时其人，告语之体各有宜也。自诸子而降，其为文无弗有偏者。其得于阳与刚之美者，则其文如霆，如电，如长风之出谷，如崇出峻崖，如决大川，如奔骐骥；其光也，如杲日，如火，如金镠铁；其于人也，如凭高视远，如君而朝万众，如鼓万勇士而战之。其得于阴与柔之美者，则其文如升初日，如清风，如云，如霞，如烟，出幽林曲涧，如沦，如漾，如珠玉之辉，如鸿鹄之鸣而入寥廓；其于人也，漻乎其如叹，邈乎其如有思，暖乎其如喜，愀乎其如悲。观其文，讽其音，则为文者之性情形状，举以殊焉。……

他看到这里，眼光便离开纸面，凝视着照在墙上的晴明的阳光；头脑里却在细细思量。他以为开头几句话实在有点弄玄虚，什么“天地之道”，什么“天地之精英”，什么“圣人之言，统二气之会而弗偏”，都近乎方士的派头。可是以下的话就说得非常亲切有味；标明文章的风格，全用景物或者事态来做比喻，所以能给予人家一种具体的印象，使人家从霆、雷、长风等认识阳与刚之美，从初日、清风、云、霞等认识阴与柔之美。这个方法正与《诗品》相同，《诗品》也是借用种种景物或者事态来显示诗的各种风格的。所不同者，《诗品》把风格分得很繁多，多到二十四品，而姚姬传这封书信里，却分得很简单，只有阳与刚、阴与柔两大类。与其繁多而有琐碎、重复、缺漏的毛病，倒不如简单而能包举一切来得妥当了。

他试自寻味，在读过的文篇里，那一篇具有阳与刚之美？一时间竟指说不定，似乎这篇也不是，那篇也不是。他又换个题目自问，那一篇具有阴与柔之美？那就觉得这篇也是，那篇也是了。他不禁疑怪起来，为什么读过的文篇差不多都具有阴与柔之美呢？他继续看姚姬传的这封书信，直到完篇，也不再有什么解悟。

求知心鞭策着他，使他急切地取起另一份印发的参考材料来看。那是从曾国藩的《求阙斋日记》节抄下来的：

吾尝取姚姬传先生之说，文章之道，分阳刚之美、阴柔之美。大抵阳刚者气势浩瀚，阴柔者韵味深美；浩瀚者喷薄而出之，深美者吞吐而出之。

文章阳刚之美，莫要于慎、涌、直、怪四字，阴柔之美，莫要于忧、茹、远、洁四字。惜余知其意而不能竟其学。

尝慕古文境之美者约有八言：阳刚之美曰雄、直、怪、丽，阴柔之美曰茹、远、洁、适。蓄之数年，而余未能发为文章，略得八美之一，以副斯志。是夜将此八言者各作十六字赞之，至次日辰刻作毕。附录如左：

雄：划然轩昂，尽弃故常；跌宕顿挫，扪之有芒。

直：黄河千曲，其体仍直；山势如龙，转换无迹。

怪：奇趣横生，人骇鬼眩；《易》《玄》《山经》，张韩互见。

丽：青春大泽，万卉初葩；《诗》《骚》之韵，班扬之华。

茹：众义辐凑，吞多吐少；幽独咀含，不求共晓。

远：九天俯视，下界聚蚊；寤寐周孔，落落寡群。

洁：冗意陈言，类字尽删；慎尔褒贬，神人共监。

适：心境两闲，无营无待；柳记欧跋，得大自在。

他看罢这几则简短的札记，觉得也与《诗品》和姚姬传的说法没有什么两样；他们都是凭着主观的观感，见到文章风格有怎样的几种，便选用一些字眼来做标题罢了。他又自问：阳刚、阴柔之说为什么似乎可以包举一切？《诗品》分为二十四品，曾国藩分为八言，为什么反而觉得不很清醒呢？他突然想起H市郊外美国教会新建筑的一座宫殿式的教堂来了。粗大的石柱，直长的门窗，高高耸起的飞檐，那是阳刚之美。如果将这座教堂和水榭、回廊、花院、草舍对比，那么后者都是阴柔之美。他又将几个同学的体态来对比，胡复初那样长和胖，是阳刚之美，锦华和慧修那样爱娇，当然是阴柔之美。更想到曾经入目的一些书画，以及曾经听过的一些音乐，差不多都可以主观地给它们一个批判，不是阳刚，便是阴柔。他于是恍然省悟：阳刚、阴柔之说似乎可以包举一切，其原因就在于它的笼统。用了笼统的概念，主观地对付一切，自然无施不可。而其实呢，阳刚阴柔并没有什么确定的界限；如果把美国的摩天楼和那座宫殿式的教堂对比，说不定又会觉得教堂是阴柔之美了。对于同一篇文章、同一件艺术品乃至同一个人物，一个人认为阳刚之美，而另一个人却认为阴柔之美：这样的事情也许会有吧？他相信这样的事情一定会有。不然，他刚才衡量读过的文篇，为什么觉得篇篇近乎阴柔之美呢？篇篇近乎阴柔之美，就由于他对于阴柔这个概念比较体会得深啊。他又想，如果用了《诗品》

的二十四个品目或者曾国藩的雄、直等八个字，叫几个人去衡量同一篇文章，判定的结果更不会完全相同。各人体会那些品目先就不能一致，鉴赏一篇文章又各本各的素养，各依各的心思，判定的结果不会完全相同是当然的。他才知道，朱自清“缜密”哩，周作人“自然”哩，茅盾“洗练”哩，鲁迅“劲健”哩，苏、辛“豪放”哩，温飞卿“绮丽”哩，司马迁“浑雄”哩，陶渊明“冲淡”哩，这些只是他一个人的主观罢了；如果叫另一个人去品评这些作家作品的风格，说不定会全不相同，可是也言之成理呢。

王先生指定的参考材料还有一本陈望道的《修辞学发凡》，大文站起来斟了半杯茶喝罢，重又坐到椅子里，便展开这本洋装金脊的书册。王先生吩咐大家看的是这书的第十一篇，篇目是《语文的体类》。他说，所谓“体类”，含义和风格实在差不多。大文看书上说：

> 体性上的分类，约可分为四组八种如下：
>
> （1）组——由内容和形式的比例，
>
> 分为简约，繁丰；
>
> （2）组——由气象的刚强与柔和，
>
> 分为刚健，柔婉；
>
> （3）组——由于话里辞藻的多少，
>
> 分为平淡，绚烂；

（4）组——由于检点工夫的多少，

分为谨严，疏放。

下面给每一体举一篇文章作例子，例子之前都有简要的说明。

简约体是力求言辞简洁扼要的辞体。

繁丰体是并不节约词句，任意衍说，说至无可再说而后止的辞体。

刚健是刚强、雄伟的文体；柔婉是柔和、优美的文体。

平淡与绚烂的区别是由话里所用辞藻的多少而来。少用辞藻、务求清真的，便是平淡体；尽用辞藻、力求富丽的，便是绚烂体。

疏放体是起稿之时，纯循自然，不加雕琢，不论粗细，随意写说的语文；谨严体则是从头至尾严严谨谨，细心检点而成的辞体。

大文把做例的八篇文章循诵一过，再细细辨认这四组八种的风格，就觉得这书的分类虽然也是用形容词来做类名，但是它分为四组，就有一种好处，这见得每组的成立是各有各的条件的。这些条件都是客观的，如内容和形式的比例，话里辞藻的多少，检点工夫的多少，都是谁也可以指说出来的；只有气象的刚强与柔和，同所谓“阳刚”“阴柔”以及“浑雄”“高古”“劲健”“豪放”等相近，似乎是主观的评判；然而，如果把气象两个字往着实一方面去体会，认为“意境”“语调”等的总和，那就也是客观的条件了。大文刚才看了一遍《诗品》，又揣摩了一番阳刚、阴柔，心意中含含糊糊地，好像有所理解，却是不着边际。此刻他才真个明了，要判别许多篇文章的风格，原来不必凭主观的观感，只须从文章的本身上检点客观的条件就是了。这是今人的见解胜于古人处；古人把文章看作了不得的东西，仿佛其中含有好多的神秘性，所以说来说去总带点玄味；今人把文章看作人类日常生活的一部分，研究文章惯用分析、归纳、说明的方法，其结果当然简单而明显。得为今人是何等的幸运啊！大文这样想着，眉目间便浮起一层乐生的笑意。

一会儿，他拿起一支铅笔，在一张白纸上记上“取材的范围”五个字。他从八种风格推想开去，觉得许多作家执笔作文，他们取材往往不知不觉偏注在某一个范围里，或者议论时事，或者摹写山水，或者叙往古的史迹，或者记身边的琐事。这由于许多作家所营的生活、所处的环境各不相同，因而心意所注的范围也就各不相同。一个生于安乐的作家不知道人间有饥寒困苦的事，他的文章自然不会涉及饥寒困苦；但是一个沉溺在饥寒困苦中间的作家，他不但能写饥寒困苦的事象，他更能剖析饥寒困苦的所以然。一个拘守一隅的作家所见无非家庭、里巷，他的文章自然不会涉及山岳的伟大、河海的浩瀚；但是一个习于行旅的作家他不但能写山岳、河海的形态，他更能由山岳、河海的影响，解悟人生的意义。取材的范围不同，文章的风格也从而各异了。

他又记上"作者的品性"五个字。他想人的品性是千差万殊的，有些人温和，有些人急躁，有些人宽大，有些人褊狭[1]，在同一品目之中又有程度深浅的分别。品性温和的作家即使在震怒的时候也写不出十分刻厉的文章，犹之品性急躁的作家即使在暇豫[2]的时候也写不出十分闲适的文章。可见作者的品性也是规定文章风格的一个条件。

他又记上"作者的语言习惯"七个字。他想一个人从小学习语言，一方面固然得到了生活上最重要的一种技能，而另一方面不能不受环境的限制，学会了这一套，就疏远了那一套。因此，语调的差异和词汇的不同，精密说起来，差不

1　褊（biǎn）狭：气度狭窄。

2　暇豫：悠闲，逸乐。

多每两个人之间就存在的。同样一个意思，叫两个人说出来未必会是同样的一句话，也许一个人说得很简单，以为这就够了，而另一个人却说得很噜苏，以为非如此不可：这是各人的语言习惯不同的缘故。读文章、看书又各有机缘和偏好。偶然接触某种作品，不知不觉受了它的影响，这是寻常的事；特别偏好某种作品，心悦诚服受了它的影响，更是当然的事。各个作家凭了各自的语言习惯以及从别人的作品里受到的影响，提起笔来写作文章，他们的风格就分道扬镳了。

他又记上“写作的习惯”五个字。他看许多同学作文，有些人信手写来，意尽而止，也不再加工修改；有些人下笔很慢，句斟字酌，似乎不放心的样子，等得完了篇，还要仔细修改，涂去了一部分，又加上了一部分。这是各人写作的习惯不同之故；成绩的优劣却并不纯在这上边区分。信手写来的未必定是潦草的东西，而斟酌再四的未必定是完美的作品。可是，就风格说，便有显然的不同了，如《修辞学发凡》上所说，前者是疏放的，而后者是谨严的。

他看看写在纸上的几个纲领，觉得自己对于文章的风格已有了一点知识。他相信风格存在于作品的本身，形成一种风格自有客观的条件。鉴赏一篇文章，如果依着客观的条件去推求，便会见到它的风格的真际[1]。如果不走这一条路，单

1　真际：真切的道理，真实情况。

凭主观的观感来下评判，那就迷离惝恍[1]，只能在带着玄味的一些形容词中间绕圈子罢了。他就想把这一点意见写成一篇笔记；又自嫌还缺少具体的例证，须得找几个作家、几篇作品来检点一番，如果证明所想的不错，写成笔记才可以放心。他想这一步工夫且待下午再做吧，便欣然站了起来。

日影差不多移正了。他闻到一阵新熟的午饭的香气。

1　惝（chǎng）恍：不清楚。

卅二　最后一课

这一课是最后的国文课了，下星期起，便开始举行毕业考试。王先生走进了教室，声明他不再作正式的讲授，希望大家对于国文一课，随便谈谈。他不像平日那样安详，他的感情有点激动，神态之间流露着惜别的意思。三年的聚首，父子兄弟一般的亲密，无所不谈，无所不了解，可是从今以后至少要疏阔一点了。想起这一层，谁能不感到异样呢？

同学间起初谈着毕业考试。大家的意思，对于学校里的考试并不感觉恐慌，只有会考却有点儿为难。他们不知道自己的程度比旁的学校的学生怎样，如果落在人家的后头，或者竟有几科考不及格，那岂不很糟？

一个学生忽然说：

“你们没有留心今年年头上上海市中学毕业会考的国文题目吗？叫做什么《礼义廉耻国之四维论》。我去会考倘然遇见这样的题目，只有交白卷完事。我不知道这样的题目该怎样下手呀。”

慧修带笑回顾那发言的同学，说：

“该怎样下手倒有人说过了，《中学生》杂志的五月号里有振甫的一篇文字，就讲到这一层。不过上海市这个题目是出给高中学生做的，我们初中学生想来不会遇见这样的题目吧。”

王先生听了他们的话有所感触，他举手示意，随即发言道：

“你们去会考会遇见怎样的题目，确是料不定的。这须看出题目的人如何而定。出题目的人如果是懂得教育的意义的，自能出适宜于你们的题目给你们做；如果是随随便便的人，那末你们就有遇见古怪生疏的题目的机会了。不过，你们的程度我知道得最亲切，依照你们的程度，即使遇见了古怪一些生疏一些的题目，及格的分数总可以得到的。”

他这样说着，眼睛放出欣慰的光辉，似乎表示他三年间的勤劳的成功。但是一会儿他的眼光又显得非常严肃，声音沉着地说：

“会考到底不是什么紧要的事，只要应付得过去，能够及格，这就好了。紧要的还在于学习了各种科目，是否真能充实你们自己，是否随时随地可以受用。这是成功与失败的标准，你们学习一切，都可用这个标准去考量自己，从而知道自己是成功还是失败。现在单就国文一科，你们各自考量一下吧。”

全堂沉默了一歇，志青开口说：

“要精密地考量，那是很不容易的事。因为国文和旁的科目有性质上的不同：旁的科目像算学，有什么什么几种确定的算法，像历史、地理，有史事和地方作为确定的材料；然而国文完全不是这么一回事。学习算学，那些算法都学会了，学习历史、地理，那些材料都明白了，能不能受用且不要说，至少可以说一句我们充实了；然而对于国文就很难说，国文根本上没有那样确定的尺度呀。”

王先生点头表示赞可。志青继续说：

“精密地考量固然不容易，而粗略地考量却又谁都能够的。我们只须把现在的自己和初到这里的时候的自己比较一下就行了。

试想我们初到这里的时候，看惯的只是一些儿童的读物，写惯的只是一些浅近的话语。我们很少有综合的能力，看了一页书就只是一页书，难得有独自的发现。我们又不免有文法上的错误和修辞上的缺点，时时劳王先生给我们在作文本上打上种种的符号。我们对于我国的文学差不多一无所知，历代文学的主潮是什么，一些大作家的作品是怎样，都是从不曾梦见的事。但是，现在，我们能够看各种的书了；看一般的报纸、杂志几乎可以说没有问题，对于各科的参考书也能利用了工具书去对付；我们又约略懂得了一点演绎和归纳的方法，应用了这等方法我们居然有我们的心得，可以写下读书笔记来。至于写作方面，啊，王先生，你的好处将使我们永远忘不了，你在这方面给我们的指点，真是无微不至，你不但传授我们一些知识，你更注意于养成我们的习惯；因此，不是我今天在这里夸口，我们一班同学可以说个个达到‘通顺’的地步了。最近一年间，你又从文学史的见地选一些文章给我们读，我们虽没有读过一本文学史，但是对于我国的文学已认识了一个大概的轮廓；近来那些文学杂志上常常提起‘文学的遗产’这个名词，我们很荣幸，手掌里也有了一部分的遗产了。各位同学，我所说的是不是实际的情形？”

一堂同学都不作声，只是欣喜地、感激地望着他和王先生，算是给他个肯定的回答。

王先生用手巾拭着前额的汗，眼注着志青说：

“我如果有什么好处，那也只是我的本分，当不起‘永远忘不了’这一类感激的话头的。我不希望你们永远不忘记我的好处，我只希望你们永远不忘记我这一点对于你们的真诚！刚才志青说的话确是实情，我可以给他作保证；这是你们自己努力的报酬呀。你们得到了这样的报酬，我也可以自慰，总算三年间的勤劳并没有换来个失败。不过，我对于志青的话还要做进一步的说法。”

全堂同学都凝一凝神，准备听他的致辞。

“照志青的说法，看书能力有了，写作达到‘通顺’的地步了，手掌里承受了一部分‘文学的遗产’了，换句话说，就是对于国文这一门功课做得差不多了。但是，学校里所以分设各种科目原为着教学的便利起见，最终的目的还在于整个生活的改进。这一点必须认识得清楚；否则就将陷于错误，认为为有国文科目而学习国文，为有算学科目而学习算学。这样，学习各科岂不等于无益、费精神的傻举动吗？我不是说志青就有这种错误的认识；我只是说对于某一门功课既已做得差不多了，就该离开了这门功课的立场来考核自己，看整个生活是否因而改进了多少。单把国文这一门来说吧。看书不只限于看国文课内指定的几种书，也不只限于看各科的参考书；需要从此养成习惯，无论去经商，去做工，总之把行动和看书打成一片，把图书馆认为精神的粮食库，这才能收到莫大的实益。再说写作，当然不只限于国文课以及应考试的作文；这些都只是习作，没有多大的意义。但是我也不是要人人做文学者，大家都从事于创作；文学者不是人人能够做的，须视各人的生活、修养以及才性而定，并且，事实上也没有人人做文学者的道理的。我只是说对于写作既已学习到了相当的地步，就该让这写作的技能永远给你们服务；无论是应用之作，或者兴到时所写的一篇东西、一首诗，总之用创作的态度去对付，要忠于自己，决不肯有半点的随便和丝毫的不认真。文学者固不必人人去做，然而文学者创作的态度却是人人可以采取的。唯能如此，才真受用不尽呢。”

王先生说到这里，又拭了一下额汗，并且改换了站立的姿势，以纾因天气骤热而感到的疲劳，然后继续说：

“再说到接受‘文学的遗产’。几篇著名的文篇读过了，几个有名的文学家约略认识了，历代文学的源流和演变也大概有数了，这自然是很好的事。但是，如果单把这些认为一种知识，预备在大庭广众之间夸耀于人，以表示自己的广见多闻，那就没有什么意义。原来所谓接受‘文学的遗产’是别有深远的意义的。先民的博大高超的精神，我们要从文学里去领会；历代的精美的表现方法，我们要从文学里去学习：换一句说，文学是我国文化的一部分，我们要把它容纳下去，完全消化了，作为我们的荣养料，以产生我们的新血肉！这意思你们了解吗？”

王先生的眼光里流露着热诚，向全堂同学一个个看望，切盼大家的回答。

全堂同学差不多个个吻着嘴唇，点一点头，也用热诚的眼光回望着他；在衷心深深激动的时候，这种神态是一个最适当的回答，比较用几个字眼说一句话来回答切挚得多了。

复初在点头之后发言道：

“王先生这一番话正好做三年来教我们国文功课的序言，在今天最后一课说给我们听，尤其有深长的意义。我们自当终身不忘，永远受用。我毕业以后不再升学了，家长的意思要我去投考商业机关，我有点儿懊丧，以为从此至少要和各种功课疏阔一点了。现在听了王先生的话，便好似受了一番热切的安慰。我知道只要我自己不和各种功课疏阔，各种功课绝不会和我疏阔的。”

大文接着说：

“我想我们从前的确有点错误。虽然并没有明说，但是在我们的下意识里，不免偏于‘为有国文科目而学习国文，为有算学科目而学习算学’。现在经王先生点醒了，不再升学的人倒不必措意[1]，因为再没有什么特设的科目摆在面前了；而升学的人却必须特别牢记，要使一切科目与生活打成一片，那才是真正的‘升学’。我是预备升入高中的，所以想到了这一层。”

听了大文的话，王先生忽然有所触发，随即说：

“你们在初中毕了业，有的升学，有的就业，所走的路途各各不同。此刻不妨‘各言尔志’，在国文方面预备怎样具体地进修？我刚才说的不过是抽象的意见呀。”

于是有人说将来预备当小学教师，拟从事儿童文学的创作；有人说拟特别用心精读某一位文学家的专集，因为他爱着这一位文学家；慧修却说她拟在诗词方面多做一点工夫，她近来很欢喜图画，她相信诗画相通之说是有道理的。更有

1　措意：留意，用心。

几个人说升学是无望了，就业又没有路向，下半年大概是坐在家里，那时候虽然也可以读书、作文，做一点切实的工夫，然而精神上的不安定必然非常难受的。

下课的铃声响起来了。

王先生不由得感喟地说：

“那真没有法子！现在要下课了，我教你们的课算是完毕了！”

全堂同学站起来行礼，目送王先生走出教室，感到一种怅然的况味。众人陆续地走到廊下，见一个校工手里拿着一封信，迎上来说：

“这里有一封信，给你们三年级的。”

锦华接信在手，看到封面的字就认识了。她喊道：

“是乐华的信！”

她随即拆开来，许多同学围绕着她一同看。

诸位同学：

你们快要毕业了。我虽不悔恨我的中途退学，但对于你们的毕业却表示真诚的欣慰。

你们的毕业式在何日举行？大概已经确定了吧？希望早日告诉我。到那一天，我要向厂里请一天假，去参加你们的毕业式。我有一点意见预备贡献给你们，请分配给我十分或一刻钟的演说时间。在听受教师、来宾致辞的当儿，也听一听一个工人的话，我想你们一定很乐意的。

周乐华

（全书完）

夏丏尊 (1886—1946)

文学家、出版家、教育家。中国现代语文教育奠基人之一。丰子恺的国文老师、文学启蒙者。曾任开明书店总编辑，创办了历史悠久的国家级刊物《中学生》。

叶圣陶 (1894—1988)

文学家、出版家、教育家。有“优秀的语言艺术家”之称。曾任教育部副部长、人民教育出版社社长和总编辑。

马上扫码，开启你的阅读社交新生活

文心

产品经理：施　萍　　特约编辑：张莉莉
书籍设计：董歆昱　　内文制作：吴偲靓
技术编辑：顾逸飞　　责任印制：梁拥军
产品监制：贺彦军　　出 品 人：吴　畏

图书在版编目（CIP）数据

文心 / 夏丏尊, 叶圣陶著. -- 天津 : 天津人民出版社, 2021.1

ISBN 978-7-201-16640-7

Ⅰ. ①文… Ⅱ. ①夏… ②叶… Ⅲ. ①中国文学－文学创作－青少年读物 Ⅳ. ①I206-49

中国版本图书馆CIP数据核字（2020）第223919号

文心

WEN XIN

出　　版　天津人民出版社
出 版 人　刘　庆
地　　址　天津市和平区西康路35号康岳大厦
邮政编码　300051
邮购电话　022-23332469
电子信箱　reader@tjrmcbs.com

责任编辑　孙　瑛
特约编辑　康嘉瑄　张校博
产品经理　施　萍
装帧设计　董歆昱

制版印刷　河北鹏润印刷有限公司
经　　销　新华书店
发　　行　果麦文化传媒股份有限公司
开　　本　880毫米 × 1230毫米　1/32
印　　张　9.75
印　　数　1-5, 000
字　　数　172千字
版次印次　2021年1月第1版　2021年1月第1次印刷
定　　价　45.00元

版权所有 侵权必究

图书如出现印装质量问题，请致电联系调换（021-64386496）